ネタバレが激しすぎるライトノベル

―最後の敵の正体は勇者の父―

▶ みぬひのめ

illust. 夕子

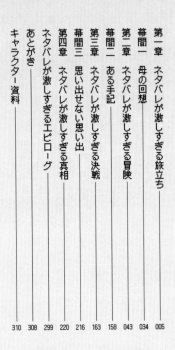

▼第一章　ネタバレが激しすぎる旅立ち

母親が死んだ。病だった。

いつか来るはずの日が今来たというだけであり、青年もそのことは覚悟していた。

墓地に掘られた穴に棺がおさめられていた。棺は開かれ、そこに母親の体が横たわっていた。

人々は歌をうたいながら、葬送のためにこの国の象徴たる花であるフランネルフラワーを投げ入れている。青年は、横たわる母親の体を見つめ花を握りしめていた。

彼の気持ちなど無視するように空は晴れわたり、母親の顔が照らされていた。青年は何かを決意したように、握りしめていたフランネルフラワーを穴の中へ投げ入れた。


葬儀のあと青年は街を歩いていた。彼の気持ちをよそに、街はまったくいつも通りだった。

大声で客を呼び込む道具屋、街を駆けていく子供たち、酒を飲み笑っている老人、そのどれもが今の気分にそぐわなかった。

「おお、ケンジャノッチくん！」

パン屋の店主が気さくに話しかけてきた。ケンジャノッチと呼ばれた青年は足を止めた。ケンジャノッチは、背丈はやや高く、赤い瞳《め》をし、赤いマントを羽織り、鎧《よろい》をまとっていた。

「お母さんのことは残念だったけど、まあ元気出せよ。ケンジャノッチくんが元気に生きてることが一番の親孝行だよ」

青年は微笑《ほほえ》んでこたえる。

「ありがとうございます、デバンコ・レダケさん。これ、いただけますか」

店主のデバンコ・レダケは、あいよ、と威勢よく返事をして青年ケンジャノッチの指したパンを袋に詰め始める。むろん、パン屋の店主の名前をここでわざわざ書いているということは、のちにまた彼が活躍するような場面が描かれるはずだ。

読者にとっては、重要でない人物名など邪魔になるだけだし、作者としても、ここでしか登場しない者の名前などいちいち書く必要はないからだ。

パン屋の店主、デバンコ・レダケの出番がこれだけということはまずないだろう。

デバンコ・レダケがケンジャノッチのためにパンを袋に詰めていると、もうひとり男がやってくる。ケンジャノッチの隣人のシッテールだ。

シッテールもケンジャノッチの心配をしていた。彼は、一人になって大変かもしれないがいつでも俺を頼ってくれよ、などとケンジャノッチを励ました。

「ところでシッテールさん、父がどこに行ったのか本当に知らないんですか?」

ケンジャノッチの父は、ケンジャノッチが小さい頃に失踪していた。ケンジャノッチは、いつか父親に会える日を夢見ていた。

「おいおい、前も言っただろう。キミの父さんがどこにいるかなんて、このシッテールが知ってるわけないだろう」

シッテールがそういって肩をすくめようとした、その瞬間だった。

「きゃー！」

街に叫び声が響き渡った。ケンジャノッチは剣に手をかけ走り出す。道の真ん中で、二匹の青いジェル状の生き物が鳴き声を上げていた。スライムだ。

ケンジャノッチは剣を抜き間合いを測る。飛びついてきたスライムを的確にぶった切り、そのまま二匹目のスライムに接近し真っ二つにした。

「ケンジャノッチくん、う、うし……」

デバンコ・レダケが言い終わるよりも早くケンジャノッチは振り返り、後ろから襲いかかってきた三匹目のスライムを一刀両断した。

「さすがケンジャノッチ！」

「頼りになるなぁ！」

「ありがとう！」

街の人々はケンジャノッチに拍手を送ったり感謝の言葉を述べたり称賛の声をかける。

「スライムごときに、この街の人間を傷つけさせるわけにはいきません」

ケンジャノッチがそう高らかに言い放つと、デバンコ・レダケが駆け寄ってくる。

「さすが勇者だねぇ」

勇者というのは、街や国の平和を守る存在である。

誰かに雇われて給料をもらうということはあまりなく、困っている人のもとや、事件の起こっている現場に駆けつけて問題を解決し、善意で報酬を受け取るという形が多かった。

「準備運動にもなりませんよ」

「しかし最近、こういうのが多いね。スライムは魔王の手先だなんて噂《うわさ》もある。いつか魔王がこの街を攻めてくるなんてことがなければいいが……」

「国王は心優しき大魔道士様です。魔王ごとき敵ではありません」

もともとこの地は、国王と王妃の二人が若い頃に巨大な魔物たちを倒し平定したのだ。

その二人が魔物を倒す冒険に出たのは、ちょうど今のケンジャノッチと同じくらいの年齢のときだった。ケンジャノッチは続ける。

「実は、近々国王に謁見《えっけん》することになっているんです」

「国王に？　なんでまた？」

「なんでしょう。悪い話でなければいいのですが」

「まあ、頑張ってくれよ」

この「まあ、頑張ってくれよ」という何気ない言葉が、デバンコ・レダケがこの物語で発する最後の言葉となった。

　夕暮れの中、シッテールは街の中心から少しはずれたところにある公園でベンチに腰掛け、オレンジ色の光を浴びながら手紙を書いていた。キミの息子はずっと待っている、そろそろ戻ってきてもいいんじゃないか、そう心の中でつぶやいていると誰かが声をかけてきた。

「お手紙ですか?」

　声をかけたのはケンジャノッチで、シッテールは慌てて手紙を伏せた。

「お、おおケンジャノッチくん。どうした？　何か困ったことでもあったか?」

「いえ、見かけたので少しご挨拶をと思って」

「そ、そうか。故郷に送ろうと思ってね」

「故郷……ご両親も一緒に暮らしているのでは?」

「え、ああ……まあ、色々あるのさ……」

　シッテールはいい加減に話を濁し、意味もなく笑った。

　ケンジャノッチは首をかしげつつ去っていった。シッテールは手紙を畳み封筒に入れ、ケンジャノッチが去っていったのとは別の方向に歩き出した。


　雲が立ち込め雷鳴が轟《とどろ》く城の中、広い玉座の間《ま》で、玉座に座っている眼光の鋭い男が手紙を読み終えた。少し離れたところに、手紙を運んできた女がひざまずいている。

男はひざまずいている女に語りかける。

「いよいよだ……お前にはそのための重大な役割を託した。期待しているぞ」

「必ず期待に応えてみせます」と女は返した。


「おお、よく来たな勇者ケンジャノッチよ」

「謁見できて光栄です、国王クロマーク様」

ケンジャノッチは国王に頭を下げた。

国王の名はクロマークというが、もちろん彼が黒幕であるということは考えにくいだろう。こういった物語の黒幕は、邪悪な魔王であると相場が決まっているからだ。

「そなたを呼んだのはほかでもない。実は最近この国で奇妙なことが起こっているのだ」

「奇妙なことですか……」

「最近我が国で国民の失踪があいついでいる」

「失踪……」

ケンジャノッチは驚いた顔できいた。

「そうなのだ。さらに近くの森ではスライムが大量発生している」

「それは奇妙ですね」

「我が国民に何か起こっていると思うと夜も眠れん。私は国民全員の幸せを願っているからな」

「やはり国王クロマーク様は立派な国王ですね」

「いいかケンジャノッチよ、私はこの失踪事件には何か裏があると思っている」

「というと……」

　国王クロマークは少し間をおいて答えた。

「おそらくこの事件を裏で操っている黒幕がいるとにらんでいるのだ」

「黒幕ですか?」

「もちろんこの失踪事件の黒幕がこの国王クロマークであるということはないからそこは安心していい」

「国王クロマーク様！　全ての国民の幸せを願っている心優しき国王様がこの事件の黒幕であるはずがありません！」

「うむ、その通りだ。もしお前がそんなことを少しでも疑うならば、お前を育てた両親に説教をしなければいけないな」

「両親……ですか……」

　ケンジャノッチは顔に憂いを浮かべた。国王クロマークは何かに気づいたようにバツの悪い顔をした。

「すまない、お前の両親は……」

「母はつい先日病気で死にました」

「そうだったな……」

「父は僕が幼い頃に姿を消しました」

「つらいことだ……」

「死んだ母から聞いた話では、『俺はもっと強くなる。ケンジャノッチが大きくなる頃に戻ってくるぞ』と言ったきり戻ってこないと……まったくどこで何をしているのやら……」

ケンジャノッチは少し呆《あき》れたように笑って続けた。

「強くなりすぎて魔王にでもなっているのかもしれません」

「冗談でもそういうことを言うものではないぞ」

国王はぴしゃりとケンジャノッチを叱った。

「申し訳ありません」

「魔王か……」

国王クロマークはそう言うと何か考え込むように黙る。今度はケンジャノッチが口を開いた。

「話を戻しますが、この失踪事件の黒幕はいったい誰なのですか?」

国王クロマークは、ゆっくりとした口調で重々しくケンジャノッチにこう告げた。

「この事件の黒幕は……魔王ユウ・シャノチーチだ」

「魔王ユウ・シャノチーチ、ですか……」

ケンジャノッチは緊張の面持ちで返した。

むろん、魔王ユウ・シャノチーチが勇者の父であるということはないだろう。

確かにケンジャノッチの父は行方がわからないが、そんな父が魔王になっている可能性などほぼゼロだからだ。国王クロマークは続けた。

「魔王ユウ・シャノチーチは私の政治が気に入らないらしく、勝手に自分の城を建築し魔王を名乗っているらしい。失踪事件の黒幕はおそらく魔王ユウ・シャノチーチであり、さらった街の人々を人質に、この国王クロマークに何か大きな要求をしようと計画しているのだろう」

「それは、許されない反逆ですね……」

「そこでケンジャノッチよ、魔王ユウ・シャノチーチのもとに出向き真相を究明してきてほしいのだ。もし魔王ユウ・シャノチーチが犯人だとわかれば、その場で始末してくるのだ」

ケンジャノッチは自分にそんなことができるのかと一瞬躊躇《ちゅうちょ》した。

しかし、ケンジャノッチは勇者である。悪を滅ぼし正義を貫く勇者なのだ。

「わかりました。反逆分子の魔王ごとき、この勇者ケンジャノッチが秒で倒してきます！」

国王クロマークは、その言葉を期待していたとばかりに、強くうなずいた。

「まったく頼もしい限りだ。この調査にあたって、お前のために素晴らしい装備を用意しておいたぞ」

そう言うとクロマークは近くにいた兵士たちに合図を出す。兵士がケンジャノッチに装備を差し出し、国王クロマークが説明をつけ加える。

最初に差し出されたのは見るも美しい研ぎ澄まされた剣だ。

「これはイーキレアジの剣だ。とても斬れ味がいいぞ」

次に差し出されたのは軽く丈夫そうな靴だ。

「これはジョーブダーの靴だ。とても丈夫にできておる」

最後に差し出されたのは綺麗《きれい》な石が埋め込まれたブレスレットだ。

「これは有名ブランド、バクハーツのブレスレットだ。決して誘爆魔石に反応して爆発することはないから安心するのだぞ」

「このような素晴らしい装備を……大変感謝いたします、国王クロマーク様」

「お前にはとても期待しているが、念のため旅の仲間を呼んでおいた」

国王クロマークが合図すると、いかにも魔道士、剣士、僧侶といった見た目の三人が現れた。国王は三人に自己紹介を促した。

「私は魔道士ウラギール。何があってもあなたのことは絶対に裏切らないから安心してね」

絶対に裏切らないなんて、なんて信用のおける人物だろう。とケンジャノッチは感心した。

「私は剣士マトハズレイ！　私は頭脳明晰《めいせき》な大天才！　的確な状況分析は全て任せろ！」

頭脳明晰な大天才がパーティにいるなんて、困ったときは彼女を頼りさえすれば、たちまち解決してくれるに違いない、とケンジャノッチは思った。

「僕は最強の僧侶スグシヌヨン。一〇〇歳まで長生きしたいなあ」

最強の僧侶！　きっとどんなに強い敵でも眼鏡をかけた理知的な彼が瞬殺してくれるだろう、とケンジャノッチは確信した。

見るからにとても頼もしい三人の仲間だ。絶対に裏切らない魔道士ウラギール、頭脳明晰な剣士マトハズレイ、一〇〇歳まで長生きする最強の僧侶スグシヌヨン。

これ以上にない最高のパーティだ。

　ケンジャノッチは国王クロマークから旅の資金三万ゴールドと、国王の使いであることを示す紋章入りの手紙を受け取った。

　王の隣に座り、フランネルフラワーを手に持っていた美しい女性が立ち上がった。

　王妃フリーンだ。

　今、もしかしたらこの王妃が不倫をしそうだと思った読者もいるかもしれない。しかし、王妃フリーンはどこからどう見ても高潔な存在である。

　国民の中でフリーンが不倫をすると思っている者などほぼいないだろう。

　フリーンはケンジャノッチに話しかける。

「旅に出るのね？」

「ええ、王妃フリーン様」

「敵の女が誘惑してきても決してそんな誘惑にのらないようにね。私は絶対に不倫なんかしない女だけど、世の中には夫がいるのに他の男を誘惑する信じられない女が山ほどいるから」

「なるほど、王妃フリーン様のように不倫しない女性ばかりではないんですね。ええ、気をつけます。王妃フリーン様」

　ケンジャノッチがそう答えると、フリーンはこっそりケンジャノッチに口づけをした。

「フ、フリーン様……？」

　ケンジャノッチが驚いていると、フリーンは少しの間微笑みながらケンジャノッチを見つめ奥の方へ消えていった。

「ちょ、ちょっと待ってください、今もしかしてキッスをしましたか？　あ、心臓が……」

スグシヌヨンは左胸を押さえていた。マトハズレイは「ふむ、さすが王妃様はお優しい方だ」などと凛々《りり》しい顔で述べ、ウラギールが「さ、行くよ」と先を歩いていった。

ケンジャノッチとスグシヌヨンは慌ててその後ろをついていった。

「ところでみんなは、魔法は使える？」

ケンジャノッチがきくと、まずはウラギールが答える。

「私は氷魔法が使える。氷の塊を敵に飛ばしたり、氷の壁で敵の攻撃を防いだりできる」

次にマトハズレイが答えた。

「私は雷魔法の使い手だ。この剣に魔力を込め、雷の波動を飛ばすことができる」

次にスグシヌヨンが何か答えようとしたが、先に二人の兵士がケンジャノッチに挨拶した。

「私は兵士ムノウと申します。私はとても有能な兵士なので、もしこの城にスパイがいればすぐに見破れること間違いありません。この城はとても安全なので城を出てすぐ魔王の刺客に襲撃されることもないでしょう。ご安心ください」

「私は国王に忠誠を誓った兵士スパイデスと申します。魔王め……絶対に許さないぞ！」

ケンジャノッチも挨拶を返すと、二人の兵士により城門が開かれる。

そこには大空が広がっていた。まるでこれからの旅立ちを天が祝福しているようだった。

先頭を歩いていたケンジャノッチは仲間たちの方を振り返り、決意したように語りかけた。

「みんな、これからは危険な旅になるかもしれない。どんなに強そうな敵が現れてもたとえ仲間がやられてしまっても勇敢に立ち向かってほしい」

　スグシヌヨンが余裕の笑みと共に答える。

「もちろんです。たとえ魔王の刺客がやってきてもこのスグシヌヨンがあっという間に蹴散らしましょう。このスグシヌヨンがすぐ死ぬ可能性は〇・〇一パーセントもありません。何せ僕は一〇〇歳まで長生きすることが確定しているんですからね」

「とても頼りになるよ、スグシヌヨン。さあ、行こう！」

　ケンジャノッチたちが歩き出すと、突如として風が吹き荒れた。

　何かの鳴き声が聞こえたかと思うと暗雲が立ち込め、カラスの大群が空を舞い、ケンジャノッチたちの前方に紫色のオーラが出現する。カラスの大群はその紫色のオーラに吸い込まれ、そこにまがまがしい何かが形作られていった。

　大きな鎌と羅針盤が宙に浮き、黒い帽子とローブをまとった男が現れる。その眼光は鋭く、まるでこの世の全ての理《ことわり》を見抜いているようだ。

「な、なんだこいつは……！」

　マトハズレイのその問いに答えるように、男は丁寧な口調で答える。

「魔王ユウ・シャノチーチ様のもとへ行くおつもりで？」

　スグシヌヨンが呆れたように前へ出た。

「やれやれ、さっそく魔王の刺客のおでましですか。見たところ大した敵ではありません。いい機会です。このスグシヌヨンがどれだけ最強なのかお見せしましょう」

「おやおや。出会い頭に敵意を向けるとは、紳士的ではありませんね」

大鎌の男がそう言うと風が吹き荒れ、闇のオーラが広がって空を覆った。

「待って、こいつからはすごいオーラを感じる。みんな、注意して！」

ウラギールの忠告を聞いていないのか、僧侶スグシヌヨンはさらに前へ歩み出る。

「僕が負けるはずはありません。何せ僕は最強の僧侶。一〇〇歳まで長生きするんですからね」

スグシヌヨンが何かを唱えると、周りに意味ありげな模様や記号が浮かび始めた。

天から白い稲妻のようなものがスグシヌヨン目がけて降り注ぎ、彼の服はフワリと浮かび、目は青く輝き、いかにも意味深な模様や記号が城を覆うほど規模が大きくなる。

「くたばりなさい」

スグシヌヨンがそう言い魔力を解き放とうとした瞬間、それよりも早く大鎌の男の魔法が発動した。紫色のオーラは地獄からはい出したドラゴンのような形となる。

そのドラゴンが雄たけびを上げると、大地は震え、空は赤く染まり、天から無数の炎の弾が降り注ぎ、スグシヌヨンに直撃し、大きな火柱が上がった。

「うわあああああ！」

ケンジャノッチたちの視界は火柱に遮られ、スグシヌヨンの情けない声がこだました。

「スグシヌヨォォン!!」

マトハズレイが呼びかけても返事はない。

火柱が消え去ると、そこには眼鏡が割れて半裸になったスグシヌヨンが倒れていた。

マトハズレイはスグシヌヨンのもとに駆け寄った。

「ダメだ……もう息がない……」

ケンジャノッチは足をガクガク震わせながらその場から動けなくなっていた。

嘘《うそ》だ……最強の僧侶スグシヌヨンが一瞬で……？

無理だ。こんなやつに勝てるはずがない……！

ケンジャノッチの心の声を読み取ったかのように男は答える。

「逃げてもいいのですよ？　そしてこの国が私に滅ぼされるのを、指をくわえて見ているといいのです！」

逃げたい……でもそうしたらこの国は……。

「おっと自己紹介が遅れました」

男は震えるケンジャノッチを見つめニヤリと笑い、そして丁寧な口調で続けた。

「私は暗黒四天王のひとり……クソザッコと申します」

マトハズレイが噛《か》み締めるように言った。この暗黒魔族クソザッコがクソザコであれば
「暗黒四天王のひとり、クソザッコ……！」

ケンジャノッチたちにとってどれほどよかっただろう。

しかし、この大鎌の男がクソザコでないことはスグシヌヨンとの戦いで証明済みだった。

よほどのことが起こらない限り、ケンジャノッチたちが暗黒魔族クソザッコに勝てる見込みは薄いと言わざるを得ない。

ケンジャノッチはクソザッコに怯《おび》えながらも、倒れている半裸のスグシヌヨンを見ていた。今までの彼との思い出がフラッシュバックしていた。

彼が自己紹介していたこと。

彼が心臓を押さえていたこと。

彼が最強の僧侶だとか言って自分に酔っていたこと。

「だめだ……大した思い出がない……」

ケンジャノッチが低い声でそうつぶやくと、クソザッコは不敵に笑う。

「あなたたちにはここでくたばってもらいます」

クソザッコは再び巨大な紫色のオーラをまといだした。

「みんなあきらめるな！」

マトハズレイはケンジャノッチとウラギールを鼓舞した。

「今から頭脳明晰な私が勝てる確率を導き出してやる！」

クソザッコがゆっくりと一歩一歩ケンジャノッチたちに歩み寄ってくる。

「お願い！　できるだけ早く！」

魔道士ウラギールが焦りに満ちた声を返す。

剣士マトハズレイの目は金色に光り、体感として時が止まる。マトハズレイの眼前に宇宙空間が広がり、無数の数式が浮かび上がる。

「サイン・コサイン・タンバリン……ビブン・セキブン・イイキブン……」

マトハズレイは何ごとかを唱えながら、自分とクソザッコとの距離、太陽の見える角度、スグシヌヨンが倒れている位置、風の強さ、気温、今のおなかの空き具合……それらを瞬時に判断し、やがてひとつの答えを導き出した。

「なるほど、見えたぞ……！」

ウラギールは固唾《かたず》を呑《の》んで彼女の答えを待った。

「私たちが勝てる可能性は、一パーセントだ」

剣士マトハズレイは自信満々にそう答えた。

「一パーセント……」とウラギールは苦い顔をして繰り返した。

「ひっ……」

ケンジャノッチは短い悲鳴を上げ絶望の表情であとずさりした。

マトハズレイとウラギールの視線が勇者ケンジャノッチに注がれる。

「ごめんみんな……僕は戦えない」

ケンジャノッチは震えた声でそうつぶやいた。

「何を言ってるんだケンジャノッチ！　ここで戦わなかったらこの国は終わりだ！」

マトハズレイが鼓舞しようとするがケンジャノッチには響かない。

「無理なんだ……体に力が入らない……おまけにお漏らしまでしてる……」

「おい、漏らしてる場合か！　仲間がやられても勇敢に立ち向かうんじゃないのか！」

ウラギールはクソザッコの側に一歩踏み出し、二人に背を向けて言った。

「マトハズレイ、私たちが勝てる可能性は一パーセントだって？」

「ああ！」

「だったら、そのわずかな可能性を私たちがつかむまで！」

ウラギールは杖《つえ》を構えクソザッコをキッとにらんだ。

「そうこなくっちゃな‼」

マトハズレイは豪快に笑った。

何を言ってるんだこの人たちは……こんなの無謀すぎる……。

ケンジャノッチは一人だけ腰を抜かして唖然《あぜん》としていた。

勇者たちのやりとりを見ていた暗黒魔族クソザッコは高らかに笑った。

「クソザコどもが吠《ほ》えているのは実に愉快ですね。せいぜい私を楽しませることです」

クソザッコの紫のオーラが再び空を覆った。

「それでは、究極魔法ハ・デナダーケであなたたちを葬ってさしあげましょう」

「究極魔法ハ・デナダーケ……！」

マトハズレイは噛み締めるように繰り返した。この世界の住人はとにかく噛み締めるように相手の言ったことを繰り返すのだ。

もちろんこの究極魔法ハ・デナダーケは派手なだけではなく、最強の僧侶スグシヌヨンを瞬殺するほどの大きな威力を秘めていることについて、疑う余地はないだろう。

「さぁ、くらいなさい！　究極魔法ハ・デナダーケ！」

クソザッコが魔力を解き放つと、紫色のオーラは地獄からはい出したドラゴンのような形となった。ドラゴンは咆哮《ほうこう》し、山は揺れ、景色が赤く染まり、この世の終わりを示すように炎が降りかかってくる。

ウラギールは前に歩み出て、ケンジャノッチたちの方を振り向いた。

「私の魔力を全て解き放ってあなたたちを守る！」

そう言うとウラギールの目は青く光り、彼女の足元から勢いよく氷の壁がせり上がる。

炎の渦は氷の壁にぶつかり、炎と氷の魔力が拮抗《きっこう》するように見えた。魔道士ウラギールは「はあぁぁ！」と声を上げながら壁に魔力を送り続ける。

「マトハズレイ、相手の攻撃が止まったら真正面に魔法攻撃！」

「ああ！」

「それまで私の魔力がもてば、の話だけどね……」

実際は氷の壁にはヒビどころかかすり傷ひとつもついていなかったが、炎の派手さもあってそんなことに気づきもせず、ウラギールは魔力を送り続ける。

数秒後、炎の渦はやみ、辺りに煙が立ち込める。

「今！」

ウラギールは叫び、氷の壁は消失する。

マトハズレイは剣を大きく振り、雷の波動を放った。その波動は立ち込める煙の中を勢いよく駆け抜けたが、クソザッコの横を通り過ぎていってしまった。

「おやおや、残念……！」

クソザッコは余裕たっぷりにつぶやく。

「やったか？」

立ち込める煙で前が見えていないマトハズレイが言った。

魔法が防がれたなら接近戦に持ち込むのみ……クソザッコはそう心の中でつぶやくと鎌を握り猛スピードで走り出した。

「今のあいつらは完全に無防備……この煙で攻撃がどこから飛んでくるかもわからないだろう……！」

完全に勝利を確信したクソザッコが走りながら鎌を振り上げようとした瞬間、倒れていたスグシヌヨンにつま先を引っかけた。

「あ」

猛スピードで走っていたクソザッコは盛大につまずき、とんでもない勢いで顔面から石の床に激突した。手から滑った鎌は天高く飛んでいった。

煙が消えると、ウラギールとマトハズレイの前には、苦しみながら立ち上がろうとするクソザッコの姿があった。

「よし、私の攻撃が命中したんだ！」

マトハズレイはガッツポーズをする。

ようやく立ち上がったクソザッコの顔面からは紫色の液体がこぼれ落ち、その顔は溶け始めていた。クソザッコは息も絶え絶えに喋《しゃべ》り出す。

「お見事ですよ……この私を倒すとは……」

苦しいなら黙っていればいいものを、ファンタジーの登場人物はこういうときは何か言い残したくなるものだ。

「ですが……どっちみち同じこと。あなたたちは他の暗黒四天王に勝つことはできません！」

そう言うと、クソザッコは高らかに笑った。そして、天から回転した鎌が降ってきてクソザッコの体を真っ二つに切り裂いた。クソザッコの体はドロドロに溶け、大きな鎌も羅針盤も崩れ去り、あとには紫色の水たまりだけが残った。

「勝った……！」

マトハズレイが勢いよく拳を握りしめる。

「ね？　一パーセントの可能性を信じてよかったでしょ？」

ウラギールがケンジャノッチに言うと、彼はゆっくりと立ち上がって口を開いた。

「この冒険はここで終わりだ」

そう言い残すと、すっかり全身から生気を失ったケンジャノッチは、フラフラとした足取りで帰宅した。


ケンジャノッチは自宅のベッドの上に転がってつぶやき続けていた。

「死にたくない……死にたくない……」

そのつぶやきを聞きながら、マトハズレイは部屋の隅で思索にふけっていた。いや、思索にふけっているような顔をしているだけかもしれない。

そんなどうしようもない空間にウラギールが入ってきた。

「マトハズレイ、ケンジャノッチの様子は？」

マトハズレイはアゴに手を当て、「死にたくない」と繰り返すケンジャノッチを見つめて答えた。

「ずっとこの調子だ」

ウラギールは買ってきたパンを机の上に置き、ベッドに腰掛けた。彼女は少し遠くを見つめ、ケンジャノッチに問いかけた。

「ケンジャノッチはどうして勇者になったの？」

ケンジャノッチはつぶやくのをやめ、沈黙が訪れた。

ウラギールはケンジャノッチが話し出すのを待った。マトハズレイは相変わらずさも思索にふけっているかのような顔をしていた。

「僕も誰かの役に立ちたかった……勇者になればみんなの役に立てると思ってた……」

ケンジャノッチは小さな声で語り出した。

「たまに街にやってくるザコスライムを倒したらみんな褒めてくれた。……でも強そうなヤツが現れたらこのザマだ……僕は勇者になんか向いてなかったんだ」

ウラギールはなおも沈黙を保っていた。

マトハズレイは立ち上がり、ケンジャノッチに向かって声を張り上げた。

「なあケンジャノッチ！　頭脳明晰な私はこう思うぞ！　お前が自分のことを勇者に向いていないと思った本当の理由は……」

そしてマトハズレイはズバリことの核心をつくように言い放つ。

「強そうな敵を前にビビってしまったからなんじゃないか⁉」

少しの沈黙のあと、ケンジャノッチは口を開いた。

「うん、今そう言った」

「そうか！」

マトハズレイは納得し、威勢よく座った。

なんとも言えない空気が流れる中、ウラギールがベッドを立って窓を眺める。

「ねえ、ケンジャノッチ。賢者の血の伝説って知ってる？」

ケンジャノッチは怪訝《けげん》な顔をした。

「この国のどこかに賢者の血が流れる者がいるの。賢者の血が流れる者はものすごい魔力を秘めていて、その魔力を使って世界に平和をもたらすだろうという伝説があるの。でも賢者の血が流れていることは本人も知らない。その賢者の力は大切な人を守るときに覚醒し愛によって増大すると言われている」

話を聞いていたケンジャノッチは、呆れた表情でウラギールへ言い返す。

「だからなんだよ……その話が僕になんの関係があるんだよ……」

ウラギールは振り返りケンジャノッチを見据える。

「私ね……ケンジャノッチには賢者の血が流れていると思っているの」

少しの沈黙が続いたあと、ケンジャノッチは立ち上がった。

「僕に賢者の血が流れてるだって……？　このケンジャノッチに賢者の血が……？」

ケンジャノッチは笑い出した。

「いい加減にしてくれよ！　何を言い出すかと思えば、賢者の血だって？」

彼は一転して声を荒げたかと思うと、静かに語り出した。

「なるほど確かに僕も賢者の血の伝説は聞いたことがあるさ。大切な人を守るときに覚醒するとか愛の力で増大するとか。その魔力は自分の味方をも強くし、巨大な悪を滅ぼし平和をもたらすなんてのも聞いたことがある……でも、そんなのはしょせんただの作り話だよ」

堪《こら》えきれない様子で、ケンジャノッチは声を張り上げた。

「そんなありもしない伝説を信じるなんてどうかしてるよ！　そんなバカバカしい慰めなんて僕はいらないいんだ！」

そう言うと、ケンジャノッチは再びベッドに座り込み、顔を伏せた。

ウラギールは彼の方へと歩いていき、そっとその手を握る。

「ケンジャノッチ、私は本当にそうじゃないかって信じてる……」

「何を根拠に？」

「根拠なんてわからない。でも本当にそう思うの」

ウラギールは静かな調子で語り、ケンジャノッチの手をしっかり握り続けた。

だが、ケンジャノッチはウラギールの手を振りほどいた。

「百歩譲ってその伝説が本当だったとしてもだ……このケンジャノッチに賢者の血が流れてるなんてありえない！　こんな情けないただの凡人に、賢者の血が流れているわけないと僕が一番よくわかってるんだ！」

ケンジャノッチはさらに続ける。

「それに賢者の血は大切な人を守るときに覚醒するんだろう？　もし僕に賢者の血が流れ

ているなら、さっきスグシヌヨンがやられそうになったときに力が覚醒したはずじゃないか！」

「スグシヌヨンはあなたにとって大切な人じゃない！」

ウラギールは鋭く返した。

「確かに……」

ケンジャノッチは完全に納得した。

「ケンジャノッチ、私ね、信じることってとっても大事だと思うの。私たちは一パーセントの可能性を信じてあの暗黒四天王のひとりを倒した。だからケンジャノッチも、自分に賢者の血が流れてるって信じてもいいんじゃないかな？」

沈黙を守っているケンジャノッチに彼女はなお続ける。

「もしケンジャノッチが危なくなっても私たちが全力でサポートする。私たちは絶対に裏切らないから安心して」

そして、ウラギールは念を押すように言った。

「特にこのウラギールだけは絶対にケンジャノッチを裏切らない」

「ウラギール……」

横からマトハズレイも口をはさんでくる。

「このマトハズレイも一億パーセント裏切らないぞ！」

「マトハズレイ……」

「私たちと自分の力を信じて、ケンジャノッチ」

穏やかに言うウラギールの手から、ケンジャノッチの手にぬくもりが伝わってくる。

ケンジャノッチは恥ずかしそうに、ああ、と返した。

「まあ、僕に賢者の血が流れてるなんてのは信じられないけど……」

「信じて」

ウラギールのあまりにまっすぐな視線に押され、ケンジャノッチは頷《うなず》いた。

「約束ね？」

ウラギールはケンジャノッチを見つめたまま言った。

「うん」

「ようやく明るい顔になったね。ケンジャノッチ」

声を出して、ウラギールは短く笑った。

マトハズレイが勢いよく立ち上がる。

「よし！　それじゃあ今日はゆっくり寝て、明日の朝出発するぞ！」

ケンジャノッチを慰めるのになんの役にも立ってなかったマトハズレイがまとめに入る。

ウラギールは今まで見せたことないような無邪気な表情を見せた。

「明日からもよろしくね、二人とも！」

二人が部屋から出ていくと、ケンジャノッチは目をつむり、自分が首から下げているペンダントを握りしめた。

紫色の玉座に座る魔王ユウ・シャノチーチの目の前に女が現れた。

「ユウ・シャノチーチ様……」

「おお、戻ってきたか……それで状況はどうだ？」

「暗黒四天王クソザッコがやられました。引き換えに僧侶スグシヌヨンが倒れましたが……」

「なるほど。クソザッコは四天王の中で最弱。しょせん俺の血から作り出されたワラ人形だ」

「その戦闘で勇者ケンジャノッチはひきこもってしまいましたが……私の言葉に励まされ旅に出ることとなりました」

「ご苦労」

「ケンジャノッチはすっかり私を信用しています。私が裏切り者とは夢にも思わないでしょう」

「さすがだな。それでは引き続き頼んだぞ」

「わかりました」

そう言うと、ユウ・シャノチーチは何かを考えるように黙り込んだ。

「どうなさいました？」

ユウ・シャノチーチは自分の黄色いペンダントを触りながら答える。

「いやなに、生き別れた息子のことを思い出していただけだ。随分と昔の話だ。もしも今息子と再会してもわからないだろう。もしまだあいつが生きていれば立派な青年になっているだろうな」

「ちょうど、勇者ケンジャノッチと同じくらいでしょうか」

「そうだな。まあ、ケンジャノッチが俺の息子ということはないだろうが……」

「そんな偶然はまずないでしょうね」

「もし息子が今もまだ持っているならば俺と同じ黄色のペンダントをしているかもしれない。その黄色のペンダントをしていなければ息子だとはわからないだろう」

ユウ・シャノチーチは仕切り直す。

「話が長くなってしまったな。それでは引き続き頼んだぞ」

「承知いたしました」

女は魔王の前を去っていった。

▼幕間一　母の回想

パンを売る者、芸を見せる者、服を縫う者。街ではいろんな人がいろんな仕事をしていた。

街で働くエカーキは自分の店に一人の客を招き入れていた。名前だけで彼の職業を当てられる者はいないだろうが、職業は絵描きである。

エカーキは客をイスに座らせ、その顔を白いキャンバスに描き始めた。客の名はモブージャといい、なんとも特徴のない顔をしている。見た目にもこれといった特徴はなかった。

エカーキとモブージャがここに描く必要のない程度の会話を繰り広げていると、子供を連れた女が店の窓のそばを歩いていった。

エカーキは、その子連れの女を見ながら「彼女、父親がいなくなってひとりで子供を育てているんだって。最近は弁当屋を始めたらしいね。森へ行くのかな。最近あそこはオオカミが出るって聞くけど……」といかにも説明ゼリフらしいセリフを言った。


夫は、優しく、誇り高く、弱い人だった。

この街では、たまにスライムが現れ人々を襲うことがあった。といっても、スライムは、戦いに慣れた者であれば苦戦せずに倒せる程度の力しか持たなかった。スライムが現れれば、それを聞きつけた街の勇者や魔道士や兵士が倒してくれるのが通例だった。

あの日も、街にスライムが現れた。ちょうど私が買い物をしているときだった。夫は、私にいいところを見せようと思ったのかスライムに立ち向かい、あっさり顔面に体当たりされて鼻血を流しながら地面に倒れた。

慌てて街の他の人々が木の棒やスコップを持ってスライムを追い払い、夫はそれ以上のケガを負うことはなかった。そのスライムはあとで魔道士に始末された。

誇り高い夫は、鼻血を流しながら「自分のことを許せない」と語った。そして彼は「俺はもっと強くなる。ケンジャノッチが大きくなる頃に戻ってくるぞ」と言い残し家を出ていった。私は夫がどういう人間か知っていたので、強く止めはしなかった。

夫はある程度のお金は残していったため、私はそれを元手に飲食店を始めた。夫は旅先でどうやって稼いでいるのかは知らなかったが、定期的にお金を送ってきた。

私はよく息子と共に森へ入った。

森は素材の宝庫だ。木の実や山菜、キノコは必ず安全だと知っているもののみ採取した。キノコには毒があるものが多いため、浅い知識でなんでも採るわけにはいかなかった。

この日も私は息子を連れて食材を採取していた。息子も小さいながら、木をピョイと登り、木の実を採るのを手伝ってくれていた。知識も増えてきて、息子と手分けしながら扱いやすい山菜を効率的に採れるようになった。

少し離れていたところで山菜を採っている息子に目をやると、オオカミが息子を狙っているのが見えた。

「逃げて！」

私がそう叫ぶと息子はきょとんとこちらを見つめて動かなかった。次の瞬間、オオカミは息子の腕に噛みつき、息子は地面に倒れた。

血の気が失せた私には、血の代わりに何かの力がみなぎったような気がした。私が瞬時に接近すると、オオカミの体はそのままズタズタに引き裂かれた。私は腕から血を流した息子を抱きかかえ、医者に駆け込んだ。

幸いにも息子のケガは浅く命に別状はなかった。帰り道、私はあることを思い出していた。賢者の血の伝説。

この国のどこかに賢者の血が流れる者がいる。賢者の血が流れる者はものすごい魔力を秘めていて、その魔力を使って世界に平和をもたらすだろう。

そして賢者の力は、大切な人を守るときに覚醒する——。

さっき私が発した強大な力。あれは賢者の力だったのだろうか。もしそうだとしたら、このことは誰にも話してはいけないと思った。

その力を利用しようとする者が現れたり、あるいは、その力ゆえに恐れられ迫害されたりする可能性もあるからだ。今までそういう話や言い伝えはよく耳にしていた。

息子に迷惑はかけたくない。このことは誰にも伝えず、息子にも話さないと決めた。

それから少しして、成長した息子は店を手伝うようになった。夫からは相変わらず定期的にお金が送られてきていた。私は息子の前で夫のことをただの一度も悪く言わなかったし、息子が夫の悪口を言えば、そういうことを言うものではないよと優しく注意した。

ある日、息子は勇者になりたいと言った。

勇者という仕事は収入が安定するのかと言われればそうではなかったが、しかし息子がやりたいと言い出したことだ、私は訓練用の道具をあの子のために買った。

もしかしたら三日後には飽きているかもしれないとも思ったが、息子は毎日空いている時間に訓練を積み、成長と共に体つきも立派になってきた。気づけば息子も一七歳になり、街の人からも頼りにされるようになっていた。

ある日、私と息子は森を歩いていた。

オオカミの一件から、私たちはあまり森の深くには入らないことに決めていた。そこまで行かなければオオカミに会うこともないだろう……と、タカをくくっていたのだ。

だが危険な空気を感じて振り向くと、そこには敵意をむき出しにしているオオカミがいた。私の魔力を使えば敵ではないが、息子がいる手前この魔力を解放するか、一瞬の迷いが生じた。そのとき、突然体の深くに痛みが生じた。何が起きたのかわからず私はうずくまった。

息子が私に飛びかかっているオオカミを、おそらく近くに落ちていただろう木の棒で殴打して吹き飛ばしたのが見えたあたりで、私は意識を失った。

気がつくと、そこはベッドの中だった。息子は安堵《あんど》した表情でこちらを見つめていた。

私はまだ意識がもうろうとしていた。

オオカミはどうなったのだろう？　私は今どこにいるのだろう？

どうやら、あのあとも息子はオオカミと戦い続け、追い払ってくれたらしい。ずいぶんと立派になって、と私はつぶやいた。

少し離れたところに男が立っていた。どうやら医者のようだった。医者は「キミのお母さんと二人で話したいことがあるんだ」と言い、息子は席をはずした。

医者は「今まで大変だったでしょう」などと話し出し、しばらくの間、世間話のような会話が続いたが、本当は何か別のことを話したいのではないかと私は思った。

「大変申し上げにくいのですが、あなたの体はすでに病気におかされています。もってあと半年でしょう」

私がそれに対し深く絶望しなかったのは、まだ私の意識がはっきりしていなかったからかもしれない。

「半年じゃなく、九カ月にできませんか」

医者は怪訝な顔をしていた。息子が一八歳になるのは九カ月先だった。

この国では一八歳が成人なのだ。せめて成人を迎えた息子の姿だけは見ておきたかった。

医者はバツが悪そうに口を開いた。

「今まで元気に動き回っていたのが不思議なくらいです。九カ月なんてとても」

私は、自分でも驚くことに、その一週間後には店を再開し動き回っていた。残りの人生、ただ横たわって過ごしたくはなかった。きっと医学的には正しくない行為だろう。しかし、息子と一緒に働く時間、街の人と話す時間、それらを少しでも多く過ごせるようにしておきたかった。

息子には、私が余命半年を宣告されたことは伝えなかったが、彼は私の体調の変化にはきっと気づいていた。息子はたびたび私に休むように言い、私の世話をしようとした。しかし私はそれをつっぱね、息子が成人するまでは私が世話をすることを誓った。

次第に、朝起き上がるのがつらくなった。店を始めてもすぐに疲れてしまい早めに店じまいすることが増えた。しまいには起き上がることがとても億劫《おっくう》になり、食事と排泄《はいせつ》以外ではめったに起き上がれなくなってしまい、店は閉めざるを得なかった。

街の人たちが、たまにお見舞いに来て話し相手になってくれた。

ある日、お見舞いに来てくれた人が、息子が街の魔道士の家に出入りしているらしいという話をしてくれた。立派な勇者になるために魔法の修業もしているのだろう。自分の息子が誇らしかった。

私は息子に、魔道士の家に出入りしていると聞いたことを話したが、息子は「ああ」とそっけなく返事しただけだった。魔法の修業がつらかったのかもしれない。いや、もしくは、息子はもう私に対する関心を失い、今は魔法以外に興味はないのかもしれない。

それは少し寂しいことではあったけれど、息子にとってみれば、私と話すことなんかに時間を使わず魔法の習得に時間をかけた方が、これからの将来、より多くの人を助けることができるのだから、当然の選択なのかもしれない。


ある日、息子は私のすぐそばに座り、「魔法を習得したんだ」とつぶやいた。

「それはよかった。どんな攻撃魔法を使えるようになったの？」

息子は首を横に振った。

「僕が習得したのは回復魔法だよ」

そう言うと息子は魔力を集中し、私に回復魔法をかけた。

その魔法は戦闘で使えるようなレベルのものではなかったが、それでも体が少し楽になったような気がした。

「これで、病気治らないかな」

私は微笑み、息子の涙を拭いた。

「きっとこれで病気もすっかりよくなるね。なんせ、勇者様の回復魔法だもの」


息子は、定期的に私に回復魔法をかけてくれた。そのたびに私の体は少し楽になり、痛みも和らいだ。しかし、それはやはり一時的なものだった。

しばらくすると体はまた重くなり、痛みも戻ってきた。いまだに、病気を治す魔法が発見されたなどという話は聞いたことがなかった。ひとつ幸運だったのは、病気を告げられた日から九カ月経った日も、私は生きていたことだった。

その日、私は久しぶりに食事と排泄以外で起き上がり、台所の前に立った。

息子はまだ眠っていた。長い間料理などしていなかったため、全て忘れてしまっているのではないかと不安だった。しかし私の手は、食材の切り方も、鍋の使い方も覚えていた。

私は出来たての料理を机の上に並べた。ちょうどよく、そこに目覚めた息子が顔を出した。

息子は寝ているはずの私が目の前に座っているのを見て青ざめていた。私は構わず息子を食卓に座らせ、久しぶりに食卓で会話を交わした。

少しして、武具屋の店主が箱を持って玄関に入ってきた。

私から、一八歳になる息子への誕生日プレゼントだった。私は息子にその箱を開けるように言い、そしてそこに入っているものを身に着けてほしいと頼んだ。

息子と装備屋は箱を持っていったん外に出た。私は目をつむり、装備屋の声で目を開けた。

私が見た先には、鎧や剣を身に着けた、立派な息子の姿があった。

視界が急にぼやけ、水滴が頬をつたい、いくつもいくつも手の甲に落ちていった。

私は必死でぬぐい、彼の姿を目に収めた。私は目を閉じ、それをまぶたの裏に焼きつけた。

それが、私の人生最後の光景だった。


森の奥で、情けない男の叫び声がした。

「な、な、なんか音がした……！」

勇者ケンジャノッチは剣士マトハズレイの陰に隠れてガクガクと震えていた。マトハズレイが音のした方に目をやると、かわいいリスがタタタと走っていった。

「はい、いくよー」

魔道士ウラギールは杖でケンジャノッチの尻を軽く叩《たた》いた。

ケンジャノッチはマトハズレイの肩にしがみつき、「あー、こわくなーい、こわくなーい」とぶつぶつつぶやきながら森を進んだ。

▼第二章　ネタバレが激しすぎる冒険

勇者ケンジャノッチ一行は街から半日ほど歩いたところにある森の中にいた。

木の枝をかき分けて進む中、剣士マトハズレイが不意に口を開く。

「なあ二人とも、ユーフォーというのを聞いたことがあるか？」

「ユーフォー？」

「何それ？」

二人はいまいちピンときていないような反応を見せた。

「空飛ぶ円盤が存在するらしい。遥か遠くの異なる世界に住んでいる見たこともない生命体がこの世界を偵察しに来てるんだ」

「へー」

「ふーん」

二人は興味なさそうに返事した。

マトハズレイは、こいつらは賢者の血の伝説を信じているのにユーフォーは信じないのか、と思ったが顔には出さなかった。

「その生命体は大きなタコみたいな形をしていて……」

「待って」

魔道士ウラギールが、説明を始めかけたマトハズレイを制止する。

「囲まれてる」

ウラギールの言葉を聞いて二人が辺りを見回すと、あちこちの木陰からスライムがこちらをうかがっているのがわかった。

「来るよ！」

ウラギールがそう言うと同時に、四方八方からスライムが飛びかかってきた。

三人は互いに背後を守りながら飛びかかってくるスライムに対処していく。

ケンジャノッチはスライムを一匹一匹剣で斬りつけ、ウラギールは魔法で氷の塊を叩きつけ撃破していく。

マトハズレイは剣を大胆に振り回しながらバタバタと薙《な》ぎ倒し、懐に入ってきたスライムはぶん殴って吹き飛ばした。

囲んでいたスライムはいなくなったが、前にまだ数十匹のスライムが待ち構えている。

「ここは私に任せろ！」

マトハズレイはそう言うと、剣をブンブン振り回しながらスライムに突っ込んでいく。

スライムたちはまるで鎌で刈られた雑草のごとく、無力に散っていった。

「見たか、これが私の頭脳プレイだ！」

「なんて脳筋なんだ……」

ケンジャノッチはおののきながらつぶやいた。その次の瞬間。

「マトハズレイ、後ろ！」

突然聞こえたウラギールの声にマトハズレイが振り向くと、木の上から大きな三匹のスライムが、彼女を狙って降りかかってきた。

だが、横から飛んできた巨大なつららがスライムたちを串団子のように貫き、近くの木に刺さった。つららを放ったウラギールは、前に突き出していた手をゆっくりと下ろした。

「あんまり視野を狭くしないようにね」

「ウラギールが倒してくれたから万事解決だ！」

ウラギールに忠告されたマトハズレイは、特に反省する様子もなく元気よく返した。

三人が森を抜けると街が見えてきた。

「見ろ！　あれが私の街、ノーキンタウンだ！」


そこは、簡易的な石の壁で囲まれている街だった。

入り口に門などはなく、マトハズレイは我が物顔でずんずんと進んでいった。大通りは活気が溢《あふ》れており、マトハズレイの知り合いらしき人たちが次々に声をかけてくる。

「おぉマトハズレイ、魔王を倒しに行くんだって？」

「俺も魔王をボコボコにしてやりてぇぜ！」

「強いヤツと戦えるなんてワクワクするよなぁ！」

「オレ、ハラヘッタ。ニク、クウ」

マトハズレイはケンジャノッチとウラギールの紹介をした。

「こいつは私のお供のケンジャノッチだ。そしてこっちはお供のウラギール」

ケンジャノッチとウラギールは、誰がお供だとツッコミたくはなったものの、面倒だったのでスルーした。

「どうも勇者ケンジャノッチです」

「魔道士ウラギールです」

二人が名乗ると、人々は「ようこそ！」「会えて嬉《うれ》しいよ！」などと大声を上げながら抱きしめてきた。二人は突然のことで驚いたものの、みな悪い人ではなさそうだ。

そのうちのひとりがマトハズレイに話しかける。

「マトハズレイ、今日の試合は謎の挑戦者が来るらしいぜ」

「ふむ、それは楽しみだな！」

「試合って？」

ウラギールがマトハズレイに尋ねた。

マトハズレイは得意げに解説する。

「この街には闘技場があるんだ。そこで毎日のように試合が行われている」

「へえ！」

「そうなんだ」

ウラギールは興味津々だったが、ケンジャノッチはあまり興味を示していなかった。マトハズレイが腕組みをしながら続ける。

「最強無敵のカマセーイヌという男がいるんだ。彼は今まで一度も負けたことがない。そうだ、これからみんなで試合を見に行くか？」

「いいね」

ウラギールが同意した。

「あー、僕はあんまりそういうのは……二人が観戦している間に僕は散歩でもしてるよ」

ケンジャノッチは遠慮がちにそう言った。

そんなとき、遠くから大声が聞こえた。

「さあ、まもなくカマセーイヌと謎の挑戦者の戦いが始まるぞー！」

周りが一気に盛り上がる中、しかしマトハズレイだけは冷静に話を進める。

「先に宿を確保した方がいいかもしれないな」

「え……マトハズレイの家に泊まればいいんじゃないの？」

ウラギールは不思議そうに返した。

言われたマトハズレイはアゴに手を当て、ジッと遠くを見つめ思案するような顔つきになった。もうすぐ試合が始まるという声が聞こえるが、彼女は無反応のまま考え続けた。

やがてニヤッと笑い、マトハズレイは二人に言った。

「確かにその通りだ」

そんなに考える必要あったのかな、とケンジャノッチは思ったが口には出さなかった。

マトハズレイはその場で簡易的な地図を書き、ケンジャノッチに差し出す。

「先に用事が済んだらここに行ってくれ」

「あ、ありがとう」

ケンジャノッチが礼を言うと、ウラギールとマトハズレイは闘技場に歩いていった。

木製の簡素な机とイスが数脚あるだけの闘技場の控室で、筋肉質で引き締まった体をしているヒゲの中年男性は次の試合の準備をしていた。そこにコーチが入ってくる。

「昨日の試合は最高に盛り上がったな、カマセーイヌ」

そう、このヒゲの男こそ最強無敵のカマセーイヌなのだ。

もちろんこの見るからに地上最強の男がただの噛ませ犬ということはないだろう。

「ええ、軽く蹴散らしてやりましたよ」

「見ろ、ファンレターがこんなに届いてるぞ。さすがの人気だな」

コーチが封筒の束を差し出す。

「ありがとうございます。あとで読んどきます」

カマセーイヌはそれを受け取り、近くの机に置いた。

「今日の相手は正体不明の男らしい。まあ、相手が誰だろうと最強無敵のお前が負けるはずはない。昨日の試合のように軽く遊んでやれ」

「任せてください。コテンパンにしてやりますよ」

カマセーイヌは愛用の覆面を手に、自信満々に笑った。

　ノーキンタウンの人々はみな元気そうに声を張り上げていた。

　大通りでは中年の男が木材を軽々と肩に担いで歩き、母親と思われる女が大量の食材が入った袋を両手にぶら下げ、少年たちが大声を上げながらプロレスをしていた。

　街によってずいぶん雰囲気が違うものなんだな、とケンジャノッチは思った。彼は通りの一角にパン屋を見つけ、そこに並ぶパンをひとつひとつ興味深そうに見ていた。

「おや、もしかして勇者さんですか？」

　背後から声をかけられてケンジャノッチが振り向くと、人のよさそうな青年が立っていた。

「噂に聞いてました。なんでも魔王を倒しに行くとか。……パンはお好きですか？」

「あ、いえ、僕の街にあるパンとは違うなと思って」

「この店のパンはおいしいですよ。ぜひ食べてください。すみません、これとこれ、あとこれもください」

　青年はパン屋でいくつかのパンを買うと、「どうぞ」と言ってそのうちの一つをケンジャノッチに手渡した。

「え？　ああ、お金を」

「必要ありません。歓迎のしるしだと思ってもらってください」

「え、そんな」

「代わりに少しお話を聞かせてください。よその街の人の話を聞くのが好きなんです」

ケンジャノッチは街の通りに沿って置いてあるベンチに腰掛けてパンを食べながら青年と話をした。自分が住んでいた街のこと、家族のこと、暗黒四天王との戦い、そしてこれから魔王ユウ・シャノチーチを倒すこと。

青年は目を輝かせ、時に頷き、時に驚きながら話を聞いていた。

その後、ケンジャノッチの話を聞き終えた青年が、感心したように口を開く。

「魔王ユウ・シャノチーチを倒しに行くとは……。魔王の強さはご存じですか？」

「そ、そうですね、闇魔法の使い手ということくらいは……」

「闇魔法は魔力の消耗が激しいかわりに威力が極めて高い魔法です。噂によれば、魔王は大魔道士の称号を得ている国王と肩を並べるほどの実力とか……」

ケンジャノッチは急に心臓をつかまれたような感覚を覚えた。

国王と肩を並べるほどの実力？

自分はこれからそんなやつと戦うかもしれないのか？

よく考えればそうだ。暗黒四天王のクソザッコでさえあれほどの強さだったのだ。

それなら魔王の強さはいかばかりか。

それに四天王ということはあの強さの敵があと三人は控えている。その事実にめまいを覚えて黙り込んでしまうケンジャノッチに、青年が新たな話題を振る。

「光の魔法石って知ってますか？」

「光の魔法石……？」

「ええ、闇の魔力は光の魔力で相殺できるんです。光の魔法石があれば光の魔力を手に入れることができる。そうすれば魔王ユウ・シャノチーチとの戦いを有利に進められます」

「その光の魔法石というのはどこにあるんですか？」

ケンジャノッチの質問に、青年は少し困った顔をした。

「それが……実はこの街のはずれに引退した大魔道士が隠居していまして……光の魔法石というのは、彼が一〇年かけて作り上げた世界でたったひとつの代物なのです」

「そ、そんなすごいものなんですか……！」

ケンジャノッチは驚いた顔で青年を見つめた。

「それで……彼としては一〇〇万ゴールドは出さないと譲る気がないと……」

「ひゃ、一〇〇万ゴールド？」

ケンジャノッチは思わず大声を上げてしまった。だが、すぐに納得が追いついた。

「そ、そうですよね、そんなすごい魔法石、そのくらいしますよね……」

「ちなみにお手持ちは……？」

「その、三万、いや二万八〇〇〇くらいしか……」

「あ……」

青年はサッとケンジャノッチから目線をそらし、少しバツが悪そうに言葉を絞り出す。

「なんか、期待させて申し訳ありません……」

ケンジャノッチも何も返せず気まずい沈黙が続いた。だが、青年は何か思案し始めた。

「いえ、もしかしたらなんとかなるかもしれません」

「え……」

ケンジャノッチは青年を見つめた。

「光の魔法石の所有者も悪人ではありません、魔王を倒すためと言えばなんとか二万八〇〇〇ゴールドで譲ってもらえるかも……」

「本当ですか！」

ケンジャノッチは一度表情を輝かせたが、すぐに考え直した。

「いや、しかし二万八〇〇〇払ってしまうと、こちらの全財産が……」

青年は真剣なまなざしで訴えかける。

「勇者さん、ここで出し渋って魔王にやられてしまったら元も子もありませんよ。それに、もし光の魔法を使えるようになれば敵を倒すのも楽になりますし、ドロップした素材を売れば、すぐにお金を取り戻せますよ！」

「そ、それはそうかもしれないですが……」

迷いを見せるケンジャノッチに、青年は少し冷静になって続ける。

「すみません。熱くなりました。もちろん無理はしなくても構いません……。ただ、魔王はとても強いという噂を聞いていたので、勇者さんが心配になってしまって……」

青年は申し訳なさげに、しかし、まっすぐケンジャノッチに目線を向けた。

「実は、光の魔法石の購入を検討している人が他にもいるという噂を聞いていて……」

「え？」

「それもあって少し焦ってしまっていました。失礼な態度をとって申し訳ありません。さっきの話は忘れてください。色々と話を聞かせていただきありがとうございました」

青年は丁寧に頭を下げ、ベンチから立ち上がってその場を去ろうとする。

ケンジャノッチの脳裏に、自分が魔王にコテンパンにされる映像がよぎった。

このままではせっかくのチャンスを逃すかもしれない。彼は慌てて青年に声をかけた。

「すみません！　光の魔法石、なんとかならないでしょうか！」

ふり返った青年は、神妙な面持ちで答える。

「絶対手に入れられるとは約束できませんよ……」

「それでもお願いします！」

ケンジャノッチは頭を下げた。

青年は少し迷うようなそぶりをしたあと、手を差し出した。

「わかりました。それじゃあ一緒に所有者のところに行きましょう」

「ありがとうございます！」

ケンジャノッチはその手を強く握り返した。

「そういえば自己紹介をしていませんでした。僕はケンジャノッチといいます」

そうやって名乗ると、青年も自己紹介をする。

「私も名乗っていませんでした。私はサギッシーといいます。よろしくお願いします」


闘技場は観戦者でごった返し強い熱気に包まれていた。

そこまで広いとはいえない空間の真ん中に、ロープで囲まれた小高い台、つまりリングが設置されており、すぐそばにある台の上に立った実況者が、観客を煽《あお》り始めた。

「さぁ、それでは今夜対戦する二人の格闘家の入場だぁぁ!!」

リングの上に覆面を被り引き締まった体の男が現れる。

「カマセーイヌ！　カマセーイヌ！」

「今日もやってくれー、カマセーイヌ！」

「きゃー、カマセーイヌ様ー！」

観客はカマセーイヌの名を大合唱し始めた。

その後、リングの反対側からもうひとりの男が姿を現す。男は鎧のような筋肉をまとい、身長はカマセーイヌより頭二つ分大きかった。実況者は大声を張り上げる。

「今回対戦するのはこの二人！　どこからともなく現れた謎の男、ミスターＭ！　そして、最強無敵の格闘家、カマセーイヌだぁぁ!!」

「カマセーイヌ！　カマセーイヌ！」

「最強無敵の男、カマセーイヌ！」

会場中に大きな歓声が鳴り響く。

しばらくしてカマセーイヌは手を上げて観客を制止する。

「それでは、これから対戦する二人に意気込みをききましょう！」

実況の男の言葉を受け、ミスターＭは大きな声で汚く笑った。

「最強無敵との噂を聞いて遠路はるばるやってきたが、なんだその体は？　俺様よりも明らかに弱そうではないか？　それにその覆面はどういうつもりだ？　すかしやがって。俺はこうして自分の顔を晒《さら》している！　お前も顔を見せたらどうだ？　まあ、こそこそ顔を隠すような弱虫には無理な注文か！　がははははは！」

このミスターＭの挑発に、カマセーイヌが余裕の笑みを見せて返す。

「ミスターＭなどと名前を隠しているやつに言われる筋合いはないいな。しかし、いいだろう。そんなに見たいなら俺の顔を見せてやる」

会場が盛り上がる中、カマセーイヌは覆面を脱いだ。

現れたのは、眉毛とヒゲが綺麗に整えられ、非常にキリッとしている中年男性の顔だった。その美しさに何人かの観客が失神した。カマセーイヌは落ち着いた声で挑発した。

「お前がただの噛ませ犬だということを思い知らせてやろう」

ケンジャノッチとサギッシーは街のはずれの古めかしい家の前にいた。

それにしても、このサギッシーという青年はあまりにも優しすぎる。これほどまでに親切心に溢れた人物はそういないだろう。ケンジャノッチはそう思った。

もちろん、表ではいい顔している人物が実は詐欺師だったということも世の中にはあるわけだが、このサギッシーに限ってそんなことがあるはずがなかった。

サギッシーが戸を開けると、部屋の隅に老人がいた。

「お久しぶりです、ヤクーシャさん」

ヤクーシャと呼ばれた老人はゆっくりとこちらを振り向いた。

その動きからは老練の重みのようなものが感じられた。熟練の役者は自分をまったく別の人物に見せることができるというが、まさかヤクーシャが役者ということはないだろう。

「なんの用かな?」

ヤクーシャが深みのある声で問いかけてきた。

「光の魔法石はまだお持ちですか? あの石を購入しようとしている人物がいると聞きまして」

「ああ、光の魔法石か。確かに買いたいと言っているヤツは何人かいたな」

「売るつもりですか?」

「光の魔法石は、ワシが一〇年かけて作った最高傑作だ。簡単に売りはせん。……と言いたいところだが、ワシも隠居の身でな。金はあるに越したことはない。額は前にも言った通り、一〇〇万ゴールドだ。その値でいいと言うコレクターもいるし、手放そうか考えているところだ」

「その光の魔法石、こちらの勇者様に譲っていただけませんか?」

「ほお」

ヤクーシャはケンジャノッチの方へジロリと目をやった。

「キミも一〇〇万ゴールド持っているのか?」

そのまなざしにケンジャノッチは血の気が引き、全身が冷たくなったように感じた。サギッシーに背中を軽く叩かれ、彼は一歩前へと出た。

「ヤ、ヤクーシャさん……僕の手元には二万八〇〇〇ゴールドしかありません」

震え声で申告するケンジャノッチを、ヤクーシャは鼻で笑った。

「二万八〇〇〇ゴールド？　バカな。光の魔法石にその程度の価値しかないと？」

ケンジャノッチは拳を強く握りしめながら答える。

「ヤクーシャさん。僕は、これから魔王ユウ・シャノチーチと戦うかもしれません」

「魔王ユウ・シャノチーチだと……」

その名を聞いて、ヤクーシャの顔つきが変わった。

「魔王は強力な闇魔法の使い手です。闇魔法を打ち消す力が必要なんです。大魔道士だったあなたならわかると思います。僕が魔王と戦うためには、光の魔法石が必要なんです」

ケンジャノッチはヤクーシャをキッと見つめて強い調子で語った。彼は初対面の人間と話すのは苦手だったが、なりふり構ってはいられなかった。

ヤクーシャは何か思案しているようだった。そこでサギッシーが口を開く。

「ヤクーシャさん、光の魔法石を買おうとしているのはコレクターだと言いましたよね？　もしそいつが買えば、光の魔法石はただのコレクションになって飾られるだけでしょう。しかし、この勇者様が買えば、光の魔法石は魔王打倒の鍵という、これ以上ない価値をもつことになります。ヤクーシャさんはなんのために光の魔法石を作ったのですか？　少しでも悪がはびこるのを防ぎ、世界の平和に役立てるためではありませんか！」

サギッシーは大きな手振りで熱弁した。その目元には、うっすらと涙が浮かんでいた。

静かに話を聞いていたヤクーシャは、ケンジャノッチを鋭くにらんだ。

「お前、本当に魔王を倒しに行くのだな？」

「はい、このまま放っておくわけにはいきません」

「そうか……」

ヤクーシャはゆっくりと立ち上がった。

「ワシは何かを見失っていたようだ」

「え」

意外そうに声を上げるサギッシーの見ている前で、ヤクーシャは天井を仰ぎ見た。

「ワシはすっかり金のことしか考えなくなっていた。だが、お前たちはそんなワシにかつて失った熱意を思い出させてくれた。光の魔法石は悪を滅ぼしてこそ真の価値をもつ。それらしく飾られて鑑賞するだけのものになってしまっては作った意味がない」

「じゃ、じゃあ！」

「光の魔法石の価値は一〇〇万ゴールドはある。だがお前の手に渡ればそれ以上の価値を持つことになるだろう。わかった。二万八〇〇〇ゴールドでお前に譲ることにしよう」

「本当ですか？」

確認するケンジャノッチの声には、強い驚きと喜びが込められていた。

「少し待っておれ」

ヤクーシャはそう言って奥へ去っていき、少しして袋を持って戻ってきた。

「この袋に光の魔法石が入っておる。だが決してこの街ではこの袋を開けないでくれ。この街には光の魔法石を狙っているヤツが多いという噂を聞いておるからな。絶対に石を持っていると悟られてはいかん。わかったな」

「はいっ！　わかりました！」

ケンジャノッチはその目に涙を浮かべしっかりと返事をした。

「世界、そして人々の命運はお前にかかっておる。任せたぞ」

ヤクーシャに肩をポンと叩かれ、ケンジャノッチはとうとう一粒の涙を流した。


闘技場では、ミスターMとカマセーイヌの戦いが続いていた。

「おりゃあ！」

ミスターMの重い拳がカマセーイヌの腹にヒットしていた。

「うぐっ……！」

カマセーイヌは堪《た》えきれず床に片膝と片手をついた。

「俺を嚙ませ犬だと罵倒したときの威勢はどこにいった？」

腕組みをしたミスターMが笑いながらカマセーイヌを見下ろしている。

会場からは「カマセーイヌ！　カマセーイヌ！」というカマセーイヌへの声援が上がっている。

「ふん、ここからが本番だ……！」

カマセーイヌはそう言うと、ふらつきながらも立ち上がり、天高く拳を突き上げる。

「カマセーイヌ！　カマセーイヌ！」

会場全体が地面を揺るがさんばかりの拍手と声援で溢れかえった。

だが次の瞬間、彼は拳を突き上げたまま地面に倒れ込み、会場は一気に静まり返った。

審判はカマセーイヌに駆け寄り、戦うことはできないと判断しハンドサインを掲げた。

「最強無敵のカマセーイヌもはやここまで！　新たな伝説が幕を開けた！　この歴史的一戦の勝者は！　ミスターM！」

ミスターMは拳を掲げ、会場は歓声に包まれた。

「がははは！　俺こそが最強なのだ！　ここで新しいチャンピオンの名前を教えてやろう！　俺の名は、メン・タルヨワイ！」

「メン・タルヨワイ！　メン・タルヨワイ！」

ノーキンタウンの住民たちは、新チャンピオンを前に喝采の大合唱を起こした。


同じ時刻、マトハズレイの家で、袋を前にそわそわしているケンジャノッチがいた。

「開けたい……」

ケンジャノッチは早く光の魔法石を拝みたかった。

しかし、この街ではこの袋を開かないようにとヤクーシャに釘《くぎ》を刺されている。

もし誰かに光の魔法石があることを知られれば、盗まれたり奪われたりする可能性がある。

しかしどうだろう。今この部屋には自分しかいない。

ここでなら袋を開けてしまっても……いや、もしかしたら誰かがどこかで見ている可能性も……いや、考えすぎだ。誰も見ていない。大丈夫だ。きっと大丈夫。

魔王を倒せるほどの力を秘めた魔法石。ケンジャノッチはそれを見たい欲求に負け、とうとう袋に手をかけた。これがあれば魔王を倒せる。自分は死なずにすむのだ。

ボトッ。

袋から何かが落ちた。

それは、少し大きめのミカンだった。

「え……？」

ケンジャノッチは何も理解できないまま、しばらくミカンを見つめ続けた。それから我に返って慌てて袋の中を覗《のぞ》くが、そこには何も入っていなかった。

ケンジャノッチはまたミカンを見つめ、青ざめて動けなくなった。


マトハズレイの部屋の中、座り込んでいるケンジャノッチの前には、オレンジ色の物体があった。形は楕円《だえん》で、表面はややツルツルしている。上には緑の小さな突起があった。

それはミカン。

ミカン？　……だよな？

いや、でもこれは光の魔法石のはず。

もしや、この一見ミカンに見えるものは実は光の魔法石なのでは……？

ケンジャノッチはミカンに見えるそれを手に取った。

触った部分はツルツルしている。この感触は明らかにミカン……！

だけどこれは……本当にミカンなのか……？

ケンジャノッチは、疑いながら今度は皮をむいてみる。

皮の中に光の魔法石が入っているかもしれないからだ。

中からは、オレンジ色の果肉を包んだ薄皮と、白い筋が現れた。

やはり中身もミカンに見えた。

ケンジャノッチは、ひとまずいったん、むいた皮を戻した。

どういうことだ……？　これは光の魔法石のはず……！

もしかしてヤクーシャに騙されたのか？　あるいは、これは何かの試練なのでは？

まさか、サギッシーは詐欺師だったのか……？

ということは、ヤクーシャは魔道士じゃなくてただの役者？

つまり、あの二人はグル？

嘘だ……嘘だ……！

優しかったあのサギッシーが詐欺師のはずがないし、立派だったあのヤクーシャが役者のはずがない。そう確信していたのに……。

ケンジャノッチは震えながら、一見ミカンに見えるそれの実をひとつ、食べてみた。

甘酸っぱい……。

これはっ……明らかにミカンっ……！

ケンジャノッチは立っていた。むいたミカンを持ったままその場に立ち尽くした。

ほかに何もすることはできなかった。できるはずもなかったのだ。


夜、ウラギールとマトハズレイは興奮と共に試合の感想をぶつけ合いつつ帰宅した。

「今日の試合、すごかったね！」

「あんな強いやつ、私も生まれて初めて見たと言っても過言ではないな！」

「ケンジャノッチ、来ないのもったいなかったよね？」

「ふん、あいつはつくづく不運な男だな」

「ケンジャノッチに、今日の試合のすごさ伝えましょ！」

「まあ、あいつにこのすごさが理解できるといいがな」

「ただいま、ケンジャノッチいる？」

ウラギールが扉を開けると、そこには額を床にこすりつけて土下座するケンジャノッチがいた。

「はぁ⁉」

ケンジャノッチは洗いざらい事の経緯を話した。途中から、二人は相槌《あいづち》もなく、ただ黙ってケンジャノッチの話に耳を傾けるようになっていった。

「ふ～ん。で……そのミカンに、いくら払ったの」

床に置かれたミカンを冷たく見据えたまま、ウラギールが重い口を開いた。

「に……」

ケンジャノッチが言い始めると、明らかにこの場に緊張が走った。

「に……二〇〇〇……？」

ウラギールが驚きの声を上げた。

ケンジャノッチは大量の冷や汗を流しながら言葉を続ける。

「にまん……」

この時点でウラギールは絶句した。

しかし、ケンジャノッチは続けなければならなかった。

「にまん……はっせん……」

「二万八〇〇〇⁉」

ウラギールの声は、もはや悲鳴としか呼べないものだった。

マトハズレイは、冷静に分析した。

「つまり、ケンジャノッチはミカンに二万八〇〇〇ゴールド払ったというわけだな！」

「うッ……！」

彼女の分析が、ケンジャノッチにズシリと重たくのしかかってきた。

「申し訳ございません……！　申し訳ございません……‼」

ケンジャノッチは涙を流し謝罪を繰り返した。

「明日からの食費や旅費はどうするの？」

ウラギールが語気を強める。ケンジャノッチは何も言えず黙ってしまう。

「焦るな二人とも。私に名案がある！」

マトハズレイが口を開いた。

「ほ、ほんと？」

ケンジャノッチがすがるようにきいた。

「ああ、明日は月に一度のエンジョイマッチ。会場の中から希望者が戦うことができる。それに勝てば賞金がもらえるぞ！」

「本当に？　いくらもらえるんだ？」

一縷《いちる》の望みを託し、ケンジャノッチがマトハズレイにきく。

「八〇〇ゴールドだ！」

マトハズレイは自信満々に答えた。

「全然少ない……」

ケンジャノッチの顔はみるみる曇っていった。しかし、ウラギールが言う。

「でも、八〇〇ゴールドあれば数日はしのげるかも……」

「なるほど、確かに！」

マトハズレイは大きな声で同意した。ウラギールが続ける。

「その間に、次の作戦を練るのはありかも……」

「なるほど、確かに！」

マトハズレイは繰り返した。

ケンジャノッチもウラギールと同意見だった。少額でも無一文よりはずっとマシだ。そのエンジョイマッチとやらで少しでも稼ごうという案自体は悪くない。

「で、誰が戦うのかな……？」

ケンジャノッチが素朴に疑問をぶつけた。二人はケンジャノッチを見つめた。

「え、ぼ、僕？　待ってくれよ、僕は格闘技なんて……」

怖じ気づくケンジャノッチに、二人の眼光は鋭さを増す。

「ケンジャノッチ、いったい誰のせいでこうなったのか、わかるよな？」

マトハズレイはそう言うと彼の肩をつかんだ。ケンジャノッチがその手を振り払い、出口に向かおうとすると、すでに扉の前にはウラギールが立ちはだかっていた。

「逃がすと思う？」

氷魔法のように冷たい彼女の声に、ケンジャノッチは思わず足を止めた。

そこに、背後からマトハズレイの手が伸びてきて、再び彼の肩をガシッとつかんだ。

「ケンジャノッチ、今から特訓だ！　このマトハズレイがみっちり仕込んでやろう！」

夜のノーキンタウンにケンジャノッチの悲鳴が轟いた。

翌日の闘技場。

そこにウラギールとマトハズレイ、そしてげっそりしたケンジャノッチがいた。

進行役の男が高い場所で声を張り上げる。

「今日は月に一度のエンジョイマッチ！　観客の中から我こそはという二人にタイマンをしてもらいます！　ルールは簡単！　先に立ち上がれなくなった方の負けです！　武器や魔法の使用は禁止です！　さあ、お前らの度胸を見せつけてくれー！」

会場は大いに盛り上がった。

「俺がやってやる！」

「俺だ！　俺を出せ！」

何人かが手を挙げ、威勢のいい声を響き渡らせる。

「さあ、ケンジャノッチ！」

マトハズレイは無理やりケンジャノッチの手を挙げさせようとするが、彼は必死に抵抗した。

「よし、じゃあそこのお前と、お前だー！」

進行役は別の二人を指名する。ケンジャノッチは震えながらも安堵の表情を浮かべた。

第一試合、対戦する二人は勢いよく飛び出していったが、結果は一方的なものとなった。

両者の間には圧倒的な力の差があり、片方がボコボコにされる展開となった。

試合を間近に見たケンジャノッチは「ひぃ！」「あぁ！」などいちいち声を出した。試合が終わる頃には、震えながら「嫌だ、僕は帰る、絶対に帰る」などとつぶやきもした。

「さあ、それじゃあ第二試合、リングに上がりたいやつはいるかー!!」

進行役が声を上げると、また何人かが大声を上げながら手を挙げた。マトハズレイは意識を失いかけているケンジャノッチの手を無理やり挙げさせていた。

そんな中、ひとりの男がすさまじい声量を会場に轟かせた！

「俺が出るぜ！」

みんなが目をやると、あの最強無敵のカマセーイヌを叩きのめしたメン・タルヨワイがいた。彼は進行役を無視して勝手にリングに上がり再び大声で宣言する。

「次の試合はこのメン・タルヨワイ様が出るぞ！　俺と戦いたいやつはいないか？」

進行役は遠慮がちに声をかける。

「あの、今日はエンジョイマッチですので、あなたは……」

「俺様がエンジョイマッチをしちゃいけねえのか！」

メン・タルヨワイがすごむと、進行役はごまかすように笑ってそのまま黙り込んだ。

「さあ、ここに俺様とエンジョイしたいやつはいねえのか！」

さっきまでの熱気はどこへやら、観客席はすっかり冷え込んでしまった。

「おいおい、この街の連中は腰抜けばかりか！　このメン・タルヨワイ様が遊んでやると言っているんだ！　もし俺様に勝ったら八〇〇ゴールドなんてケチなことは言わない。俺様が三万ゴールドくれてやるぞ！　どうだ、やる気が出るだろう！」

メン・タルヨワイの言葉に会場がざわつき出す。

三万ゴールドといえば、国民の平均年収に匹敵する額だ。それを一晩で手に入れられるかもしれない。何人かは物欲しそうな顔をしたが、それでも手を挙げる者はいなかった。

そんな中、ついにひとりの若者が右手を高く掲げた。

そう、マトハズレイに無理やり右手を挙げさせられているケンジャノッチだ！

観客たちの目がケンジャノッチに集まり、会場のざわつきはさらに大きくなっていく。

一方、ケンジャノッチの目の前には光が広がっていた。

花畑でタコのような生物たちがニコニコしながら縄跳びをしている。空を飛ぶタコ、花を食うタコ、タコに包丁でめった刺しされるタコ、全てのタコは等しく尊い。

ああ、そうか。ここが死後の世界か。

そう悟ったケンジャノッチは、無数のタコと一緒に花畑で笑いながら踊り回った。

「おい、そこのお前！」

「はっ！」

メン・タルヨワイの鋭い一声で、ケンジャノッチは現実の世界に引き戻された。

なぜか、メン・タルヨワイがこちらをにらみつけている。

その迫力に気圧《けお》されたケンジャノッチの体はガタガタと震え、目線は泳ぎ続け、よくわからないひとりごとをつぶやき始めた。

「ええと、僕はタコに囲まれていたんです、タコは飛んだり、包丁でめった刺しにされてたりしてすごいんです。あれは間違いなく、タコの楽園だったんです……」

メン・タルヨワイは語気を強めてもう一度声を上げた。

「そこのお前！」

「は、はいぃぃ！」

ケンジャノッチは反射的に茶柱みたいに背筋を伸ばし、敬語で答えた。

「いや、お前じゃない」

だがメン・タルヨワイにそう言われ、彼は目を丸くしてまぬけな顔のまま固まった。

「そこの魔道士」

メン・タルヨワイが指さしたのは、ウラギールだった。

「私？」

ウラギールは驚きの声で返す。

「そう、お前だ。リングに上がれ」

「あの、私は魔道士なので格闘技は……」

「構わん」

「いえ、相手になりません」

「魔法を使っても構わんと言っているのだ」

みたび、会場がざわつき出した。魔法を使っていい格闘技など誰も聞いたことがない。

「実戦では肉体のみで戦う格闘家より魔法を使える魔道士の方が格上だとされている。だが構わん。手加減は無用だ。殺すつもりで来い」

観客の視線がウラギールに集まる。

彼女はアゴに手を当ててしばし考え込んだ。それから、少しして口を開いた。

「勝てば三万ゴールドですね？」

「約束しよう。先に立ち上がれなくなった方が負けだ」

メン・タルヨワイはニヤリと笑う。

「手加減はしません。いいですね？」

一歩前に出たウラギールの問いに、メン・タルヨワイがさらに笑みを深めて返す。

「もちろんだ。こちらも手は抜かない」

「ななな、なんとぉぉぉー！　魔道士対格闘家のドリームマッチ、急遽《きゅうきょ》決定だー！」

進行役の男が小高い場所で大声を上げ観客を煽ったのを合図に、それまで成り行きを見守っていた会場全体が歓声に包まれ大きな拍手が巻き起こった。

拍手で我に返ったケンジャノッチが事の重大さを理解し、マトハズレイに詰め寄った。

「な、何をしてるんだ、マトハズレイ！　どうして止めないんだ！」

「慌てるな。相手が筋肉オバケとはいえさすがに魔道士が有利。三万ゴールド手に入るまたとないチャンスだぞ！」

「いや、そうかもしれないけど……！」

ケンジャノッチはリングに上がったウラギールを心配そうに見つめる。

進行役がルール説明を終えると、ウラギールとメン・タルヨワイは向かい合った。

「待て！」

突然の声に観衆が振り返ると、そこにはケンジャノッチの姿があった。

「この条件はおかしい！　魔道士側が不利だ！」

ケンジャノッチはそう大声を上げた。

聴衆はざわついた。「何を言ってるんだ?」「素人か?」などと困惑の声が上がった。

一般的には格闘家よりも魔法を使って戦える魔道士の方が有利なのは常識だった。

しかし、メン・タルヨワイだけはケンジャノッチに拍手を送った。

「お前、少しは賢いようだな」

メン・タルヨワイの言葉が理解できない観客たちは、どういうことかと戸惑いを見せる。

「一般的に格闘家より魔道士が強いとされるのは、魔道士が格闘家の手が届かない遠距離から攻撃できるからだ。だがそれは外での話だ。このリングという限られた空間の中では、魔法を発動するために魔力を集中する必要がある魔道士など、接近戦専門の格闘家の足元にも及ばん」

得意げに語り終えたメン・タルヨワイは、不敵に笑ってケンジャノッチを指さす。

「いいだろう。お前の参戦も認めてやる。二人まとめてかかってこい」

会場は大きな拍手に包まれる。みなが彼の参戦に賛成した。

ケンジャノッチは顔面蒼白《そうはく》になりながらも拳を握りしめ、一つだけ確認した。

「あの、剣は使ってもいいですか?」

「ダメに決まってるだろう」

ダメに決まっていた。

ケンジャノッチは仕方なく剣を置き、リングに上がった。

リング上で、メン・タルヨワイと、ケンジャノッチとウラギール組が静かににらみ合う。

会場が盛り上がる中、試合開始のゴングが鳴らされた。

まず、メン・タルヨワイは、ケンジャノッチに向かって突進する。

「うわあああぁぁ！」

避ける間もなくタックルの直撃を受けたケンジャノッチが、情けない悲鳴を上げながらリングの隅まで転がされ、そのまま動かなくなってしまう。

「おーっと、勇者はさっそくダウンか？　早い！　早すぎる！」

進行役の実況が会場に高らかに響く。観客たちはケンジャノッチに憐憫《れんびん》の目を向けた。

メン・タルヨワイは余裕の笑みを浮かべながら、ゆっくりとウラギールへ振り返る。

「これで邪魔者はいなくなった。さぁ、嬢ちゃん。俺とリングで踊ろうぜ」

メン・タルヨワイの圧倒的な実力を目の当たりにしたウラギールは、震える足でロープの際まで後退して、なんとか彼と距離をとろうとした。

だが、メン・タルヨワイはジワジワとウラギールに近づいてくる。

ウラギールは無数の氷の塊を繰り出して牽制《けんせい》しようとする。

メン・タルヨワイは分厚い筋肉に覆われた両腕でガードし、襲いくる氷を弾き返した。

「なんだそれは？　攻撃のつもりか？」

「くっ……この程度の魔法じゃ効果がないみたいね……」

ウラギールは苦い表情を浮かべて、強力な魔法を放つため魔力を集め始める。

「ガハハハハハ、隙だらけだぁ！」

メン・タルヨワイはそう叫ぶと、ウラギールへと突進し始める。

「まずいっ……！」

ウラギールは魔力の集中をキャンセルし、間に合わせで氷の壁を作り出した。

壁はメン・タルヨワイの拳によって粉砕されたが、その隙に彼女は素早く逃げる。

「大した威力もない魔法に、薄くて脆《もろ》い壁。全てその場しのぎではないか。魔道士のやっていることなどしょせんはただの子供だまし。冷静に見極めればなんてことはない」

その後も、ウラギールは小さな氷の塊を放ったり、氷の壁で防御をしたりするが、メン・タルヨワイはその全てに冷静に対応していった。

「つまらん、つまらんなぁ」

次第にウラギールはリングの端に追い詰められていく。無駄に魔法を乱発していたせいで、彼女の魔力もだいぶすり減っている。メン・タルヨワイが拳を振り上げる。

「魔道士など、やはりこんなものなのだ！」

リングの真ん中で、彼は高らかに吼《ほ》え叫んだ。

魔道士に雪辱を果たす時が来た。

メン・タルヨワイの脳裏に過去の記憶がよみがえっていく。


かつてのメン・タルヨワイは弱虫な少年だった。

男からも女からも貧弱な身体をバカにされまったくモテなかった。

体つきのいい男がモテるのを見たメン・タルヨワイは必死に体を鍛えた。

激しい鍛錬の結果、メン・タルヨワイは鋼のような筋肉を手に入れ、そして、モテ始めて調子に乗った。ある日、女を連れて街を歩いていた彼は、肩がぶつかったのをきっかけに自分よりもずっと小さな男にケンカを吹っ掛けた。

しかし、その小さな男は魔道士だった。

魔道士は身を守るために強力な魔法を使い、メン・タルヨワイを返り討ちにした。

それを見た女や周りの人々はメン・タルヨワイに愛想をつかし、またあまりに強力な魔法を放ってしまった魔導士も忌み嫌うようになっていった。

首元に黄色いペンダントを下げた魔道士は街を去っていった。

そして、この出来事によってメン・タルヨワイは魔道士たちを憎むようになった。

あいつらのせいで、自分はまたモテなくなってしまったのだから。

いつか魔道士に復讐《ふくしゅう》するため、メン・タルヨワイは鍛錬を重ねてきたのだ。


「くたばれ、魔道士がぁ！」

メン・タルヨワイはそう叫んで氷の壁をあっさりと破壊する。もはやウラギールには新たに壁を作り出す余裕はなかった。

それを見てとったメン・タルヨワイが、再び拳を振り上げた。

ウラギールはその場から逃げようとして、彼に背中を向けてしまった。

「背中がガラ空きだぜ！」

メン・タルヨワイが拳を引いて高く跳び上がった。逃げるウラギールの背に、蹴りをお見舞いしようというのだ。

だがそこに、倒れていたはずのケンジャノッチが割って入ってきた。

「ウラギール……！」

声を上げた彼の腹にメン・タルヨワイの飛び蹴りが命中し、ケンジャノッチはリングの端まで吹き飛ばされた。

「あ、ぐ……」

「おとなしく寝ときゃよかったものを。死ぬぞ」

腹を押さえて苦しがるケンジャノッチに、メン・タルヨワイが呆れたように言った。

しかし、ケンジャノッチは再び立ち上がる。

息を切らし、よろめきながらも、その目には闘志の炎が燃えていた。

「もう怯えるのはやめだ……」

ケンジャノッチは、キッとメン・タルヨワイをにらみつけた。

「僕が子供の頃憧れていた勇者はこんなものだったのかって……？　違う……。勇者っていうのはどんな敵にも立ち向かう勇敢な戦士だ……」

「そぅら！」

メン・タルヨワイはぶつぶつつぶやくケンジャノッチの腹に一撃をお見舞いした。

「ぐはっ……！」

ケンジャノッチは短い声を漏らし、そのまま崩れ落ちた。

「ようやく邪魔者が口を閉じた。さぁ、一対一でやりあおうぜ」

メン・タルヨワイがウラギールの方を振り向くと、彼女は残っていた力を振り絞り、観客に被害が出ない範囲で最も強力な魔法を準備していた。

「魔法などさせるかぁ！」

メン・タルヨワイがウラギールとの距離を詰めるため走り出そうとした瞬間、いきなり彼の体勢がグラっと大きく傾いた。

「ぐっ、なんだ……！」

メン・タルヨワイの右足にケンジャノッチが両手でしがみついていた。

「しつこいウジ虫がぁ……！」

メン・タルヨワイが顔をしかめて視線を動かすと、強い魔力を放ち始めたウラギールが見えた。その魔力はこれまでよりずっと大きな氷の塊となっていく。

「ぐうっ……！」

目をみはるメン・タルヨワイの頭に、いくつもの氷の塊が降り注ぎ、辺りに白い冷気を舞い上がらせる。ウラギールは、メン・タルヨワイの頭上の死角にも氷を作っていた。

「あーっと！　メン・タルヨワイ、魔法攻撃を脳天にモロにくらってしまった。さすがにメン・タルヨワイもここまでか！」

進行役がそう煽るが、雪の煙がおさまると、そこにはしっかりと立ったままウラギールをにらみつけているメン・タルヨワイがいた。

「おーっと、なんということだ！　あれだけの魔法攻撃を受けても微動だにしない！　さすがはチャンピオンのメン・タルヨワイ！　最強無敵のメン・タルヨワイ！」

メン・タルヨワイは全力でウラギールにタックルをして、リングの反対側まで吹き飛ばした。

「きゃああ！」

ウラギールは短い悲鳴を上げ、ロープに支えられて無防備を晒した。

メン・タルヨワイは大股に接近し、ふらついているウラギールの胸倉をつかんだ。

「お前ら……お前ら魔道士のせいで、俺の人生はメチャクチャになったんだ」

恨み言をつぶやきながら、メン・タルヨワイは彼女の首をギリギリと絞め上げ始める。

「くたばれ……魔道士なんかくたばっちまえ……！」

メン・タルヨワイがウラギールを持ち上げて、彼女の足は地面を離れる。

ウラギールは足をばたつかせて必死にメン・タルヨワイの手を振りほどこうとするが、丸太のように太い彼の腕はビクともしなかった。

「ウ、ウラギール！　おい、試合を止めろ！　止めろ！」

「メン・タルヨワイ！　メン・タルヨワイ！」

ケンジャノッチが訴えるも、会場を満たす観客たちの声でかき消されてしまう。

メン・タルヨワイはニヤニヤ笑って、鼻が触れ合うほどウラギールに顔を近づけた。

「さあ、何か言い残したいことはないか？」

ウラギールは薄れゆく意識の中、ようやく声を絞り出した。

「くさ……い……」

「は？」

「くち……くさすぎ……」

ウラギールは窒息とは別の苦痛で顔を歪《ゆが》めていた。

「な、なんだと……？」

メン・タルヨワイは激しいショックに手を放し、解放されたウラギールはリングに落ちた。

「けほっ、げほ！」

激しくせき込むウラギールに、メン・タルヨワイが思いきり顔を近づける。

「な、なんて言った？　おい！　俺様の口がくさいだって？」

「うぇ、ほんと無理、近づかないで……」

ウラギールは必死に顔をそらし吐きそうな声でそう言った。

メン・タルヨワイは驚愕《きょうがく》の表情のまま立ち尽くし、しばらくしてふらついた足取りで、リングの端まで歩いて近くの観客に問い始める。

「な、なあ、俺の口はくさくないよな？　なあ？　くさくないよな？」

メン・タルヨワイが息をはぁ～と吹きかけると、観客たちは鼻を覆い、悲鳴を上げながら逃げ始めた。会場は騒然とし、何人かは失神して倒れていた。

その展開に再び驚愕しながら、メン・タルヨワイがさらに別の観客たちに息を吹きかけようとすると、客たちは彼の息から逃れるため我先にと出口に向かう。

だが運悪く息の犠牲者となった何名かは泡を吹いて倒れたり、嘔吐《おうと》したりした。

まだ無事な観客たちは出口に殺到し、気がつけばメン・タルヨワイの周りには誰もいなくなっていた。

「な、なんで逃げるんだよぉ。ひどいよ。みんなあんなに俺のことを強いって褒めてくれてたじゃないかよ。う、うえ、うえーん、う、う、う……」

メン・タルヨワイはついに泣いてしまった。

「俺はくさくないもん、くさくないも～ん！　いやだよぉ～！」

その情けない声に会場はしらけ始める。

「今だ！　ウラギール！」

ケンジャノッチがそう声を上げると、ウラギールが作り出した大きな氷塊がメン・タルヨワイの頭をまた直撃し、今度こそ昏倒《こんとう》した彼は完全に動かなくなってしまった。

「決まったー！　新チャンピオンのメン・タルヨワイ、魔道士の前に敗れるー！」

進行役の声と共にゴングが盛大に鳴り、戻ってきた観客たちはウラギールとヨロヨロと立ち上がったケンジャノッチに惜しみない歓声と拍手を浴びせた。


数日後、気持ちのいい朝の陽ざしの中、ケンジャノッチたちは街を出ようとしていた。

往来を歩いていると、街の人々がマトハズレイに元気に声をかけた。

「マトハズレイ、この前の試合、すごかったな！」

「メン・タルヨワイに勝っちまうなんて、お前の仲間、かっこよかったぜ！」

「あのカマセーイヌより強い、無敵のメン・タルヨワイに勝つなんてなぁ！」

「そういえば聞いたか。カマセーイヌのヤツ、ノーキンタウンを出ていったらしいぜ！」

「最後まで嚙ませ犬だったな。そんなことより、今はマトハズレイの仲間の話だろ！」

「そうだな、俺も魔王をボコボコにしてやりてぇぜ！」

「強いヤツと戦えるなんてワクワクするよなぁ！」

「オレ、ハラヘッタ。ニク、クウ」

マトハズレイはさも知的で賢そうな雰囲気を全身にまといながら笑顔で返事をした。

「野菜も食べるんだぞ」

こうして、街の人々との別れを終えて、三人は歩き出した。

「今日からお金は私が管理するからね」

「はい、ごめんなさい」

ウラギールが、隣を歩いているケンジャノッチに向かって釘を刺した。

申し訳なさに恐縮していたケンジャノッチは、手にしていたミカンを一房食べようとした。

「も～らい」

だが、それをウラギールに横取りされてしまった。

横取りされたミカンを目で追いかけるケンジャノッチに、ウラギールが小首をかしげる。

「なに勝手にひとりで食べようとしてんの？」

「ごめんなさい……」

「もう、素直に謝んなくていいから」

ウラギールは笑いながらミカンを口に運んだ。

「ふーん、これが二万八〇〇〇ゴールドのミカンの味ねぇ」

ケンジャノッチはげっそりした顔になる。

「もう蒸し返さないでくれよ……」

「ケンジャノッチ、過ぎたことは気にするな！　筋トレすれば気分も晴れるさ！」

「ああ……」

その場でスクワットを始めたマトハズレイの励ましに、ケンジャノッチは力なく返事をした。

「とはいえ、メン・タルヨワイに意地でも立ち向かっていったケンジャノッチは、ちょっとだけかっこよかったよ」

ウラギールがそう言って笑みを深めると、ケンジャノッチは立ち止まって驚いた顔を見せた。

「どうしたの……？」

止まった彼をウラギールが不思議そうに眺めると、ケンジャノッチはそのままメソメソと涙を流した。ウラギールは面倒そうに苦笑しながら彼の背中を叩いた。

「あーもう、怒っても泣くし褒めても泣くんだから……」

そのとき、背後から何者かの声が聞こえた。

「魔道士ウラギール」

その声に三人が振り向くと、そこには身なりを綺麗に整えたメン・タルヨワイがいた。

「なんの用だ！」

ケンジャノッチはウラギールを守るように前に出て、剣を抜いて警戒した。

「もらった三万ゴールドは返せないよ！」

ウラギールも杖を構えてケンジャノッチの肩越しに言うと、メン・タルヨワイは宣言した。

「今日から俺は医学を研究する」

「なんでまた」と驚いたウラギールが返す。

「俺は口臭を克服する。俺は、俺と同じように口臭で悩む人々の希望の光になってみせる」

そう言うとメン・タルヨワイは身構える三人の横を通り過ぎていく。

そこから少し歩いて、彼は歩みを止めた。

「魔道士ウラギール、俺が口臭を克服したら、そのときはまた一戦頼むぜ。このメン・タルヨワイ様は全てを克服し最強になる」

「メンタルも鍛えた方がいいんじゃない？」

「メンタル……？」

メン・タルヨワイは意外そうな顔をした。

「このメン・タルヨワイのメンタルが弱いはずがないだろう」

「まあいいけど。あんまり根詰めすぎてストレス抱えないようにね。何より食事と睡眠。そこおろそかにするとメンタルだけじゃなくて体も弱くなっちゃうよ？」

「ご忠告ありがとう。だがこれからは他人の言うことに惑わされずに自分の心に正直に生きるさ。他人はしょせん他人。嘘も裏切りもある。……お前たちはそんな人間じゃなさそうだが」

「……そうね」

ウラギールは一瞬何かを考えるような顔をしたあと、目をそらした。

「達者でな」

最後に一言残して、メン・タルヨワイは颯爽《さっそう》と去っていった。

ケンジャノッチたちは、遠くなっていくメン・タルヨワイの背中をしばらく見送った。

「よし、行くぞ！」

マトハズレイが先陣を切る。

ケンジャノッチたちは、冒険を進めるためノーキンタウンをあとにした。

四時間近く歩いたケンジャノッチの前には森が広がっていた。

木々が生い茂り視界が悪く、足元もデコボコして歩きづらい。ケンジャノッチは溜《た》め息をついた。視界の悪い森でいつスライムに囲まれるか、常に気を張っていなければいけないのだ。

結果としては、前の森ほどはスライムは現れなかった。

たまにウラギールがスライムを見つけても、マトハズレイがあっという間に始末した。

「ふう！　この森は深いな！」

マトハズレイの言った通り、スライムよりもこの森の進みにくさの方が問題だった。

「夜の森は危ないから、日が暮れる前に出ましょ」

ウラギールの忠告もあって、ケンジャノッチたちは少し速足で森を進んだ。

「止まって！」

突然、ウラギールが制止をかける。

「え？」

戸惑うケンジャノッチの前に突然氷の壁がせり上がり、そこに一本の矢が刺さった。

ウラギールは素早くマトハズレイに目配せした。

うなずいたマトハズレイが足元の石を拾い上げて、辺りに視線を走らせる。

「そこだ！」

マトハズレイはそう言って近くにある木の上へと拾った石をぶん投げた。

それをよけた何者かが木の上から飛び降りて地面に着地する。

「ちっ、気づかれたようだな！」

黄色いスカーフを首に巻き、弓を持っている青年が舌打ちをした。

「あなた何者？」

ウラギールは警戒を露わにしながら尋ねる。

「待て！　この大天才マトハズレイが分析する！」

しかし、ここでマトハズレイが目の前の青年の正体について思考し始めた。

マトハズレイの頭の中で大量の情報が処理されていく。

「この身なり……この声……」

青年の巻く黄色いスカーフ、弓、先ほど自分が投げた石、青年がいたと思われる木の高さ、以前戦った暗黒魔族クソザッコの死に際、今日食べたご飯、「オレ、ハラヘッタ、ニク、クウ」と言っていた故郷の人……。

そして、マトハズレイは答えを導き出した。

「間違いない！　こいつは暗黒四天王のひとりだ！」

「暗黒四天王……！」

途端に、場に緊張が走り、ケンジャノッチは剣の柄に手をかける。

「暗黒四天王？　なんだそれは？」

青年はきょとんとする。マトハズレイは鋭いまなざしで分析を始める。

「このリアクション……！　間違いない！　こいつは暗黒四天王のひとりじゃないぞ！」

剣の柄をつかんだまま、ケンジャノッチは呆気《あっけ》にとられた顔でマトハズレイを見つめ、ウラギールは彼女の尻を軽く蹴った。だが、マトハズレイはノーダメージだった。

「じゃあ、いったいあなたは何者なの？」

ウラギールが改めて青年に尋ねる。

「俺の名前はユ・ウジンナシ！　友達が一〇〇人いるぜ！」

ケンジャノッチたちの間をさらなる衝撃が駆け巡っていった。

友達百人

「う、嘘……！」

ウラギールは目を見ひらき、口を手で覆った。

「このマトハズレイでさえせいぜい友達は五人……それを貴様は一〇〇人だと！」

マトハズレイは、凛々しい顔つきこそ崩さなかったものの、その手はわずかに震えていた。

「く……」

ケンジャノッチは膝から崩れ落ち、虚空を見上げた。

格が違いすぎる……こんなやつに勝てるわけがない……！

ユ・ウジンナシは勝ち誇ったように胸を張り、そして叫んだ。

「母さんの仇《かたき》！　お前たちにはここでくたばってもらうぜ！」

弓に矢をつがえ、ユ・ウジンナシが射撃の構えをとった。

「くるよ！　みんな気を付けて！」

ウラギールは杖を構えケンジャノッチを見たが、彼はいまだ地に膝をつけたままだった。

ユ・ウジンナシがケンジャノッチに矢を放つ。ウラギールは彼を守るため氷の壁を作り上げた。矢は壁で防げたが、先端が少し貫通してケンジャノッチの目の前で止まっていた。

「ひいいいぃぃ！」

ケンジャノッチは一瞬呆《ほう》けたのち、そう声を上げて無様に地面にへたりこんでしまった。

「ぼーっとしてないでとっとと動く！」

ウラギールに杖の先で小突かれ、ケンジャノッチは慌てて立ち上がった。

一方、マトハズレイに斬りかかられたユ・ウジンナシは驚くべき跳躍力でこれをよけ、そのまま太い木の枝に飛び乗って、矢を何発も放った。マトハズレイはそれを剣で切り払う。

「く、あそこじゃ攻撃が届かない……！」

ケンジャノッチは剣を抜こうとしたまま奥歯を噛み締めた。

「私に任せて」

ウラギールは木の上にいるユ・ウジンナシ目がけて氷のつぶてを放つ。ユ・ウジンナシはその攻撃を身軽によけ、別の木に飛び移る。

「そこよ、ケンセーノ・コーリ！」

次にユ・ウジンナシの向かう先を予測し、ウラギールは牽制のための氷のつぶてを放った。

しかし、ユ・ウジンナシはそれもかわして自由自在に木から木へと飛び移っていく。

「く、ちょこまかと……！」

ケンジャノッチが木を見上げて歯ぎしりをしていると、無数の矢が飛んでくる。

「ひぃん！」

ケンジャノッチは悲鳴を上げながら、なんとか矢をよけ続けた。

「お前、そんなところから攻撃して卑怯《ひきょう》だと思わないのか！　地面に下りて正々堂々勝負しろ！」

「はぅん！」

ケンジャノッチは情けなく声を上げたが、ユ・ウジンナシは無視して矢を連射する。

哀れに悲鳴を上げながらケンジャノッチは右に左に逃げ惑い、ギリギリでかわし続けた。

「ケンセーノ・コーリ！」

ウラギールは再び氷のつぶてで牽制しようとするが、ユ・ウジンナシはさっとジャンプし、また別の木に飛び乗った。しかし、移った先の木がいきなりグラッと揺れた。

「うわっ」

驚きの声を響かせるも、ユ・ウジンナシは冷静にまたすぐに別の木に飛び移ろうとする。するとと、今度は彼がジャンプする前にその木がメキメキと音を立てて倒れ始めた。

「くそ、なんなんだ！」

ユ・ウジンナシは倒れかけの木に移り、また別の木にジャンプしようとする。

そのとき、ユ・ウジンナシは信じられないものを目の当たりにした。

なんと、マトハズレイが近くの木を片っ端からぶった切り、次々に薙ぎ倒しているではないか！

「う、嘘だろ……！」

ユ・ウジンナシが飛び移ろうとした木も倒れ始めており、彼は今度こそバランスを崩し地面に落下。華麗に受け身を取って、慌てて体勢を整え弓を構えようとした。

「させないよ！」

ウラギールの放った氷のつぶてが、ユ・ウジンナシの手に直撃する。

「うっ！」

ユ・ウジンナシは痛みに耐えきれず、弓を落としてしまった。

彼はすぐさま懐から短剣を取り出すが、そのときすでにマトハズレイが突っ込んできていた。

「あ、ユーフォー！」

ユ・ウジンナシが向こうの空を指さして叫ぶと、マトハズレイは「なに！」とその指が示した方向へ勢いよく振り向いてしまう。

「隙あり！」

ユ・ウジンナシが自分に背中を見せたマトハズレイに短剣で斬りかかるが、横合いから飛んできたウラギールの氷のつぶてが、短剣を弾き飛ばした。

武器を失ったユ・ウジンナシは、その場でクルリと体を反転させて逃げ始めた。

「待て！」

ケンジャノッチはすぐに追いかけ、つまずきながらも必死にユ・ウジンナシの足をつかんだ。

つかまれたユ・ウジンナシは、なすすべなくバランスを崩してしまう。

ケンジャノッチはユ・ウジンナシを逃がさないよう、彼の体の上に覆いかぶさった。

追いついてきたウラギールとマトハズレイも彼を取り囲み、退路は断たれた。

「くそ……煮るなり焼くなり好きにしろ！」

完全に身動きが取れなくなり、ユ・ウジンナシは観念した。

だが、ケンジャノッチは彼の上からどいて、息を整えてから口を開いた。

「僕たちはキミの命をとろうなんて考えてない」

「なんだと？　敵に情けをかけるつもりか？」

しつこく噛みついてくるユ・ウジンナシに、マトハズレイが歩み寄る。

「おい、ユーフォーはどこだ？」

「マトハズレイは黙って」

「………」

ウラギールが制止すると、マトハズレイは素直に黙った。

それから、今度はウラギールが自分をにらみつけるユ・ウジンナシに話しかける。

「そもそもなんで私たちを襲ってきたの？」

「なぜだって？　しらじらしい！　お前らが俺の母さんを襲ったんだ！」

「母さんを襲った？」

意味がわからずウラギールがきょとんとなると、マトハズレイが全てを悟った顔で語り出した。

「なるほど、読めてきたぞ……。つまりこいつは私たちが母さんを襲ったと思っているようだ」

ユ・ウジンナシは怒りと悔しさを顔ににじませ、絞り出すような声でさらに続けた。

「母さんだけじゃない！　村の人々を毎晩ひとりずつ襲っている！」

「なるほど、全て理解したぞ！　つまりこいつは、私たちが毎晩村人をひとりずつ襲っていると思っているわけだ！」

「マトハズレイは黙って」

「………」

マトハズレイは素直に黙った。ウラギールが続ける。

「あなたはきっと勘違いをしてる」

「勘違い？」

「私たちはそんなことしてない」

スパッと言い切ったウラギールに、ユ・ウジンナシは顔を真っ青にしてガタガタ震え出した。

「そ、そんな、俺はなんてことを……！　すいませんでしたぁぁ!!」

彼は勢いよく謝罪すると弓と短剣を拾い、ものすごい勢いで森の中を走り去っていった。

「いったいなんだったんだろう……？」

ケンジャノッチがユ・ウジンナシが走り去った方角を見て、唖然としてつぶやく。

「村がどうとか言ってたよね？　この先のジンロー村で何か起きてるのかもしれない」

ウラギールが自分の推測を口にすると、マトハズレイは腕を組んで声を上げた。

「迷宮入りの事件のにおいがするな！　だが案ずるな！　このインテリジェントなマトハズレイの名推理によって事件を見事解決に導いてやろう！」

「…………」

ケンジャノッチとウラギールはどう反応するべきか一瞬考えたが、最終的に無視した。

「ひとまずこの先の村まで急ぎましょ！」

ウラギールが早々に切り替えて、三人はまた森の中を歩き出した。

それから、数時間後。

「そろそろ出口だよ」

ウラギールが先を指さしてケンジャノッチたちに声をかけた。

夕日に赤く染められている森の向こうに、道らしきものが見えつつあった。

「なんとか夜になる前に森を抜けられそうだな……」

「あ、あの、すみません！」

安堵しているケンジャノッチに、突然何者かが後ろから声をかけてきた。

三人が振り向くと、そこにはスイカに羽が生えた程度の大きさの、コウモリのような鳥のような奇妙な姿の生き物がいた。

「あ、あ、あ、えと……」

その生き物は緊張しながら頑張って続けた。

「ぼぼぼ僕は、あんこ、あんこ、あんこきゅっ……」

その生き物は緊張のあまり噛んでしまった。

「はあ……うまく言えなかった……なんでいっつもこういうところで失敗しちゃうんだろう……よし、今度はうまく言うぞ……！」

自分の至らなさをかえりみたその生き物は、一度落ち込みながらも再チャレンジを決める。

それを聞かされている三人は、長く森を歩き疲れていたこともあって、少しイラつき始めた。

「言いづらいことは事前に紙に文字で書いておくことを勧めるぞ！」

マトハズレイは知的な雰囲気を保ちながらその生き物にアドバイスを送った。

「は、はわわわぁ！　申し訳ありません！　僕が、僕が喋るのが下手なばっかりにぃ

「……」

その生き物は恐縮しながらも、頑張って話し始めた。

「ぼ、ぼぼ、僕は……暗黒四天王のひとり、ツヨスギルンです！」


自らをツヨスギルンと名乗った奇妙な生物は、どこから見てもザコだった。

まさか、このツヨスギルンが強すぎるということは万に一つもありえないだろう。

マトハズレイとウラギールは、そろってツヨスギルンを鼻で笑った。

「どうやら今回の暗黒四天王はザコだな！」

「軽く倒しちゃいましょ！」

ウラギールは杖を構え、ケンジャノッチとマトハズレイは一斉に剣を抜いた。

「あわわ、あわわわわ！」

臨戦態勢に入った三人を前に、ツヨスギルンはただ右往左往していた。

「私から行かせてもらおうか！」

勇ましい宣言と共に、マトハズレイは一歩前に出る。

剣をまっすぐ構えた彼女の瞳はまばゆい金色の光を放ち、周囲には宇宙が広がった。

「読めた……！」

体感時間が停止するほどに集中してつぶやくと、その剣に瞳と同じ金色の雷光が走る。

「雷神剣奥義チカライ・パイキール！」

次の瞬間、マトハズレイはツヨスギルンの目の前にいた。

「え……」

驚くツヨスギルンを、マトハズレイは目にも留まらぬ速さで力いっぱい斬った。

周りに雷光が爆《は》ぜて、木々は派手に焦げつき、何本かは余波に耐えきれず倒れていった。

雷鳴が収まると、ツヨスギルンのいた場所にはただ焼け焦げた跡だけがあった。

「ふん、まったく手応えのない敵だったな」

マトハズレイはつまらなそうに言って、剣を鞘《さや》におさめた。

「マ、マトハズレイ、そんな必殺技を持っていたのか」

マトハズレイの攻撃に圧倒されたケンジャノッチは、剣を構えたまま呆気に取られていた。

「まあな」

「なんで今まで使わなかったんだよ！」

得意げに笑うマトハズレイに、ケンジャノッチが抗議する。

「こういう必殺技はここぞというときに使うのがカッコイイんだ」

「な、なるほど……」

その理屈はケンジャノッチにはよくわからなかったが、妙に説得力だけはある気がした。

「さ、日が暮れる前にジンロー村に行きましょ」

ケンジャノッチも剣をおさめたところに、ウラギールが言ってきて、彼はうなずこうとする。

「あ、危なかったよぉぉ……」

だが、突然、背後から声が聞こえた。

ケンジャノッチたちが振り向くと、そこには空中を舞っているツヨスギルンがいた。

「くっ、私の剣がよけられただと……」

マトハズレイが珍しく苦い顔になって、再び剣を抜こうとする。

「やはり暗黒四天王、油断できる相手じゃない……！」

ケンジャノッチも慌てて剣を鞘から抜こうとする。

しかし、そこで彼はツヨスギルンが開けた口の中に光が満ちていることに気づいた。

「何か来る？　まずい、回避が……！」

ツヨスギルンの口からエネルギー弾が放たれる。

「くっ、よけられない……！」

絶望的な確信がケンジャノッチの顔をきつく歪ませる。

しかし、発射されたエネルギー弾はよく見るとかなり小さく、しかもノロノロとしていた。

「ふん、やはりただのザコのようだな」

マトハズレイは鼻で笑い、そのエネルギー弾を余裕で回避した。

「そんなザコ攻撃で私に勝てると思っているのか？」

マトハズレイが真剣な表情でツヨスギルンをにらみつけた。

ケンジャノッチも、ツヨスギルンはやはりただ逃げ足が速いだけのザコかと思い直した。

「今度は私が行かせてもらう」

そう言って、ウラギールが魔力を集中し始めた。

彼女の瞳に青《あお》い輝きが宿り、全身が水底を思わせる深い青色のオーラに包まれる。

ウラギールに合わせて攻撃するつもりでいるケンジャノッチは、背後で何か音がしたのに気づいた。そちらを向いてみると、何本もの木がドロドロに融解して煙を上げていた。

「…………は？」

そこにあった光景が信じられず、ケンジャノッチは間の抜けた声を漏らしてしまった。

「う、嘘だろ……まさか、さっきのツヨスギルンのエネルギー弾で……？」

ケンジャノッチは信じられずにしばしその場に立ち尽くした。

一方、ウラギールを包むオーラは大きさを増し、氷の結晶が彼女の足元から広がっていく。

「ひ、ひえぇ〜！　あわわ、あわわわ〜」

ツヨスギルンはあたふたしながら、空中を飛び回っている。

「全てを貫け。氷魔法奥義ダンガンミ・タイナコーリ！」

幾千もの氷の結晶が、弾丸みたいな速さでツヨスギルンへ向かって飛んでいく。

氷の嵐によって木々はズタズタにされ、前方一帯も凍りついて、雪煙が派手に舞い上がった。

「ウラギールも、こんな魔法を持っているなんて……！」

じゃあ最初から使ってくれよ……！

ケンジャノッチはウラギールの魔法に驚きつつ、同時にそんなことも思ってしまった。

しかし、直後にマトハズレイのように使わなかった理由があるのかもしれない、と思い直した。

見るからに魔力の消耗が激しそうだし、魔力の集中にも時間がかかっていたし。

ケンジャノッチがそんなことを考えているうちに雪煙はおさまって、今度こそツヨスギルンはあとかたもなく消え去っていった。

「ま、こんなとこね」

ウラギールは満足げに微笑んでそう言うものの、強力な魔法を使った反動からか額には大量の汗が浮かび、呼吸も乱れて肩が少し上下していた。

「さ、今度こそジンロー村に行きましょ！」

「ああ、そうだな！」

マトハズレイもウラギールに同意し、三人が改めてジンロー村に続く森の出口の方に向き直ると、そこには翼を動かして宙をヨタヨタ舞っているツヨスギルンがいた。

「ひいぃ怖かったぁ」

などと言いながら、ツヨスギルンはあたふたしている。

「ちっ、ザコの分際でチョコマカと！」

にわかにイラ立ったマトハズレイが、ツヨスギルンに突進して斬りかかろうとする。

「ひ、ひえぇ～!!」

それにビビったツヨスギルンは彼女の足の間をくぐってよけようとしたが、その際、スイカのように丸い体がマトハズレイの足にぶつかってしまった。

「のわあぁぁああ!!」

マトハズレイは豪快に三〇回転ほどしながら近くの木に激突した。

上空に吹っ飛んだツヨスギルンも、これまた三〇回転ほどしながら空に弧を描いた。

「だ、大丈夫かマトハズレイ!」

顔を青くしたケンジャノッチがマトハズレイへと駆け寄っていく。

「ああ、問題ない。石か何かにつまずいたみたいだ!」

マトハズレイは何もなかったかのように立ち上がり、鼻血を垂らして凛々しく答えた。

「いやいや……」

石につまずいただけであんな転がり方するわけないだろう……。

ケンジャノッチは、マトハズレイの大回転の原因が、彼女の足にツヨスギルンが超高速でぶつかったことにあると確信していた。

くっ、なんて速さだ。あんなやつにこっちの攻撃を当てられるはずがない。

しかも、あのエネルギー弾に当たれば、間違いなく即死……。

「ありえない……このツヨスギルンとかいうやつ……強すぎる……」

ケンジャノッチはひとりで絶望していたが、マトハズレイとウラギールはこの事実にまだ気づいていないようだった。

「あわわ、目が回るぅ……」

ツヨスギルンがフラフラと頼りない飛び方をして宙を舞う。

ケンジャノッチは半笑いになって、そんなツヨスギルンに声をかけてみた。

「な、なあ、ツヨスギルン! キミは僕たちが怖いだろう? 僕たちもわざわざキミを倒す必要はないんだ。ここは平和的に引き分けということにするのはどうだろう？」

「何を言ってるんだケンジャノッチ。ザコとはいえ暗黒四天王。ここで始末するべきだ」

マトハズレイは鼻血を垂らしながら勇ましく異議を唱えた。

く、余計なことを……！

ツヨスギルンの実力に気づいていないマトハズレイに、ケンジャノッチは舌打ちしかけた。

「ぼ、僕は魔王ユウ・シャノチーチ様にお前らを倒すよう命じられているんだ！　たとえ怖くたって逃げないで戦わないといけないんだ！」

そしてツヨスギルンは勇敢にもそう答えた。

もはや、どちらが勇者なのかわからない有様だった。

「くそ……決裂か……」

今のケンジャノッチにとって、ツヨスギルンとの交渉失敗はかなりの痛恨事だ。

このまま戦い続ければ、ケンジャノッチ側が消耗していくだけなのは目に見えているからだ。

事実、マトハズレイもウラギールも立て続けに強力な技を使い、疲れが見え始めていた。

今はよくても、いずれあのエネルギー弾に当たっておしまいか……！

「みんな、大丈夫だ、安心しろ！　この頭脳明晰なマトハズレイの計算によれば、私たちの勝率は九九パーセントだ！　このザコに負ける確率は一パーセントもないぞ！　情けは無用だ！」

マトハズレイは再び瞳を金色に輝かせ、構えた剣も同色の雷光を帯び始める。

「雷神剣奥義チカライ・パイキール！」

一気呵成《いっきかせい》に駆け出したマトハズレイが、雄々しく鼻血を散らしながら雷光をまとった剣で力いっぱい斬りつけたが、それもツヨスギルンには当たらなかった。

気づけばツヨスギルンは三人の背後を陣取り、開いた口の中に光が満ち始めた。

ぽふんっ、と音を立て、小さいエネルギー弾が発射された。やはりそれはノロノロだった。

「みんな、絶対によけろ！」

ケンジャノッチが必死の形相で叫び、マトハズレイとウラギールは当然のようによける。

しかし大技連発による疲労からか、二人とも先ほどより少しだけ反応が遅かった。

「ひぃぃん！」

ケンジャノッチだけは、泣きわめきながら大げさにエネルギー弾をかわした。

「く、くそぉ、当たらないよぉ……」

ツヨスギルンは、やはりおどおどしている。

ケンジャノッチたちにかわされたエネルギー弾は、音もなく広範囲の木々を融解させていた。

そのため、大技の使用タイミングを見極めようとしているウラギールと、そしてマトハズレイも、エネルギー弾がもたらした結果にまったく気づいていなかった。

「今度こそ！」

鼻血を垂らしたマトハズレイが、みたび構えた剣に雷光をほとばしらせる。

無駄だ……その攻撃は当たらない……！

今のケンジャノッチには、マトハズレイの攻撃がよけられる未来しか見えなかった。

くそっ……強すぎる。ツヨスギルンは強すぎる……！

もはや絶望的とすらいえるこの状況で、ケンジャノッチは全力で思考を巡らせた。

何か、この状態を打開できる方法はないだろうか。

ケンジャノッチは今までのツヨスギルンの動きを何度も何度も思い返し、弱点を探った。

「待てよ……？」

そして彼は、ふと何かに気づいた。

「ツヨスギルンは毎回、僕たちの背後をとっていた……。もしかして……もしかして……！」

ケンジャノッチはウラギールに声をかけた。

「ウラギール、さっきの魔法、こっちに向かって撃ってくれ！」

そう言ってケンジャノッチが指さしたのは、ツヨスギルンがいる方とは逆の方向だった。

「は？　なんで？」

ウラギールには意味がわからなかった。

精々あと一回しか使えない必殺技。

それを無駄にするわけにはいかず、さすがに彼女は躊躇する。

「いいから早く！」

「わ、わかった……！」

だが、ケンジャノッチの語気の強さに気圧され、ウラギールは魔力を集中し始めた。

「いくぞ、雷神剣奥義――」

「待ってくれ、マトハズレイ！」

そしてケンジャノッチは、技を繰り出そうとしたマトハズレイの腕をつかんで待ったをかけた。

「な、邪魔をするな！」

「マトハズレイ、僕が腕を放したら技を出してくれ。それまでは待つんだ」

「は？」

マトハズレイもウラギール同様、ケンジャノッチの言葉の意味がわからなかった。

「いいから！」

「わ、わかった！」

しかしケンジャノッチは勢いで押し切り、マトハズレイをうなずかせた。

ウラギールは魔法の準備を終え、タイミングを計る。ツヨスギルンは相変わらずあたふたしている。それから数秒、ケンジャノッチが叫んだ。

「今だ！」

叫ぶと共に彼はつかんでいた腕を放し、マトハズレイの瞳に金色の光が走った。

「雷神剣奥義チカライ・パイキール！」

それと同時にウラギールもその目を青く輝かせ、最後となる魔法を放つ。

「全てを貫け。氷魔法奥義ダンガンミ・タイナコーリ！」

「は、はわわぁ～！」

ツヨスギルンは悲鳴を上げながら、超高速でマトハズレイの剣の軌道から逃れた。

しかし、そうやって移動した先に待っていたのは、ウラギールが放った無数の氷の弾丸だった。嵐のような風雪が、ツヨスギルンを巻き込んで白い雪煙を派手に散らした。

「やっぱり！」

ケンジャノッチの予想通り、超高速で技をよけたツヨスギルンは必ず相手の背後に回っていたのだ。先回りしてそこに魔法を放つことで、ツヨスギルンに攻撃を命中させることができた。

「やったか！」

マトハズレイは声を上げた。ケンジャノッチにはなぜかそれが余計なことのように思えた。

少しすると、真っ白い雪煙が晴れていった。するとそこには、翼で体を守っているツヨスギルンの姿があった。しかもその口は開いており、光が生まれ始めている。

まずい……まだ倒しきってない……！

恐怖に駆られたケンジャノッチは二人によけるよう言おうとした。しかしその前に、鼻血を垂らしたマトハズレイが、剣を振り上げてツヨスギルンに向かっていった。

「ま、まずい……ここはいったん攻撃をキャンセルしてよけないとぉ……！」

ツヨスギルンはそう判断して翼を広げようとする。

「あ……翼が凍って動かない……」

「雷神剣奥義チカライ・パイキール！」

ツヨスギルンはマトハズレイに力いっぱい斬られた。

地面に落ちたツヨスギルンの体は溶け始め、あとには紫色の液体だけが残った。

「ふん！　多少は手こずったがザコだったな！」

マトハズレイは、ぜぇはぁと息を切らし鼻血を垂らして勝ち誇った。

それを見ているケンジャノッチは心身共に疲れ果てて、もう何も返せなかった。

「日が暮れないうちにジンロー村に行かないと」

「うむ。このまま行けば、夕方にはジンロー村に到着するだろうな！」

ウラギールとマトハズレイはずんずんと前に進んでいった。

「元気だな……二人とも……」

ひとり残されたケンジャノッチは、力なくつぶやいた。


深い森の真ん中で、その人物は呆然《ぼうぜん》と立ち尽くしていた。

「なんでだ……？」

どうしてだ、どうして、自分が知らない間にそんなことになってるんだよ……？

これは、自分が悪いのか？

こんなことになってしまったのは、全部、自分の責任なのか？

いや、でも……。

ああ、なんで……。

どうして？　どうして、こんなことに……？　なんで……！　なんで！

クソ、さっきからなんだよ、お前たちは。

今はお前たちの相手をしてられる気分じゃないんだ。どこかに行ってくれ！

………。

………。

あ……。

ぇ……うぁ……、お……。い……。

ぉえ、ぅ……。ぉう、ぅ、あ……。


ケンジャノッチたちは日が暮れる前にジンロー村に着いた。

ジンロー村はケンジャノッチのいた街よりだいぶ小さく、のどかで素朴な雰囲気があって、田園風景の中に時折建物が見える。そんな村だった。

「ふう……よし、今日は日も暮れてきたしこの村に滞在させてもらおう」

夕日が山の向こうに落ちかける頃、村の入り口でケンジャノッチが提案する。

「そうだね、いい判断だと思う」

「いや、ちょっと待て！」

ウラギールは同意したが、マトハズレイが元気よく口をはさんでくる。

「本当に今ここでここに滞在すべきか頭の中で計算させてくれ！」

マトハズレイは表情を引き締めて、脳内で難しい計算問題を解き始める。

「ふむふむなるほど……この場合は因数分解がこうで……ベクトルがあでこうで……」

ケンジャノッチとウラギールは仁王立ちして計算問題を解いているマトハズレイをどういう気持ちで見ればいいのかわからず、その場に突っ立っていた。

「ふふふ……なるほどそういうことか……面白い答えだ……」

やがて、全ての計算を終えたマトハズレイが、ニヤリと笑い自信満々に口を開いた。

「みんな聞いてくれ……意外にも面白い答えが導き出されたぞ！」

「ど、どんな……？」

半ば答えを確信しながら、念のためケンジャノッチがきいてみた。

「今日は日も暮れてきたし……この村に滞在させてもらおう！」

「さ、泊まれる場所を探しましょ！」

切り替えたウラギールがさわやかな笑顔でそう言った。マトハズレイのことは見ていなかった。

「おぉーい！」

遠くで誰かが手を振りながら、ケンジャノッチたちに声をかけてきた。

三人がそちらの方を見ると、夕日の光を頭に照り返している老人が歩いてくるのが見えた。

「みなさま、ジンロー村にようこそいらっしゃいました」

「ど、どうも」

ケンジャノッチは、その老人に軽く挨拶をした。

「勇者のご一行様ですね。私は、村長のジン・ロウと申します」

自己紹介をするジンロー村の村長ジン・ロウに、三人も簡単な自己紹介を返した。

「どうぞ、この村のことはなんでもおききください」

「ありがとうございますジン・ロウさん。この村に滞在できる場所はありますか？」

ウラギールの質問に、ジン・ロウは答える。

「ああ、それなら私が無料でご提供しますとも」

「本当ですか！」

「もちろんですとも。立ち話もなんですし、ひとまず私の家にいらっしゃいませんか？」

村長ジン・ロウは勇者たちを自宅に招き入れてくれた。村でも特に大きな家だった。

「そうだ勇者様、よろしければこれを受け取ってください」

村長はケンジャノッチにパンなどの食料、薬草、毒消しの薬などを渡そうとした。

「そ、そんな、悪いですよ……」

「いえいえ、どうぞどうぞ。旅に備えは必要でしょう」

ケンジャノッチは悪いと思って断ろうとしたが、ジン・ロウが朗らかな笑顔で渡そうとしてくるので断るに断りきれず、受け取ってしまった。

「そうだ、よかったら夕飯を食べていきませんか？」

「ぜひ食べたいです！」

ニコニコと笑っているジン・ロウの提案に、マトハズレイは食い気味に了承した。

勇者ケンジャノッチたちの前には、かなりの量の料理が並べられた。どれもおいしそうだ。

「す、すみません、こんなによくしていただいて……」

「いえなに、年をとるとこういうのが楽しいものなのですよ」

遠慮するケンジャノッチにジン・ロウは笑って答えた。

なんて優しい人なんだろう……世の中にはこういう人もいるんだ……。

森の中で激しい戦いを潜り抜けたケンジャノッチに、村長の素朴な優しさが沁《し》みていった。

「むしゃむしゃ！　れろれろれろ！」

一方、マトハズレイはガチャガチャと音をたてながら、お世辞にも品があるとはいえない様子で口に食べ物を運び続ける。ウラギールがマトハズレイに釘を刺す。

「マトハズレイ、もう少し上品に食べたら」

「いや、私の計算ではこれが最も効率的な食べ方なんだ！　凡人のウラギールには理解できないかもしれないがな！」

効率を考える必要あるのかな、と思いながらもウラギールは口には出さなかった。

「すみません、ウチのマトハズレイが……」

ウラギールの謝罪に、村長ジン・ロウは何やら嬉しそうに笑った。

「元気な人を見られて私も幸せですよ」

ジン・ロウはそう言うと、急に表情を沈ませてうつむき、言葉を続けた。

「実は最近娘が死んでしまってね……」

和やかだった食卓の空気は、一瞬にして重苦しいものに変わってしまった。

「そうなんですか……?」

ウラギールが眉をしかめつつ、声を低く沈ませた。

「ええ……孫もどこかへ行ったきり帰ってこないし……」

ジン・ロウの言葉に、今度はケンジャノッチが反応する。

「何かあったんですか……?」

「ええ、勇者様たちにこんな話をしてもいいのかわかりませんが……」

ジン・ロウはそのまま言葉を続ける。

「実はこのジンロー村では、このところ毎日村人がひとりずつ殺されているのです……」

「え……?」

ケンジャノッチの顔に緊張が走る。ジン・ロウは深く息を吸い言葉を続ける。

「いったい誰がそんなことをしているのかはわかりません。しかし何人かの村人が狼《おおかみ》の姿を見たと言っています……」

ジン・ロウはその顔を恐怖に青ざめさせながら話を続ける。

「噂では、人間に化けている狼……つまり人狼《じんろう》が人間を襲っているのではないかと……」

少しの沈黙のあと、ウラギールが話をまとめる。

「つまり、その人狼は昼は村人に化けていて、夜になると狼に戻り村人を襲っていると……」

マトハズレイも食べる手を止めて、瞳に知性の輝きを宿らせて口を開く。

「なるほど……つまり、その人狼は昼は村人に化けていて、夜になると狼に戻り村人を襲っているわけだな」

「マトハズレイ、それは今私が言った」

ウラギールが指摘する声は、かなり冷ややかだった。

ジン・ロウは涙を流し、鼻をすすりながら家族のことを思い返す。

「娘は殺されました。そして孫は犯人を見つけ出すと言ったきり、帰ってきません」

ケンジャノッチは涙を堪えながら、ジン・ロウに向かって思いきって切り出してみる。

「ジン・ロウ村長、僕たちに何かできることはありませんか」

ジン・ロウは涙をぬぐいながらかぶりを振った。

「いえいえ、そんな……勇者様たちはお忙しいでしょう……」

「こんなによくしていただいたんです。僕たちにできることならなんでもします」

ケンジャノッチがそう提案すると、ウラギールも「そうですよ」と賛同した。

「ごくごくごく！　ぷはーっ！」

一方、マトハズレイは飲み物を豪快に飲み干していた。

ジン・ロウは感涙しながら、何度も頭を下げて礼を述べる。

「なんと頼もしい、頭が上がりません」

「ぺろぺろぺろ！　がしゃん！」

一方、マトハズレイは豪快に皿を舐《な》め回していた。

ジン・ロウはすがるようにケンジャノッチたちに言った。

「それでは、お言葉に甘えてもよろしいでしょうか……？」

「もちろんです！」

　ケンジャノッチは快諾した。

「それでは、勇者様たちには誰が村人に化けた人狼なのか見極めていただけないでしょうか」

　ジン・ロウが、これからケンジャノッチたちがやるべきことを説明してくれる。

「今からこの家に人狼の可能性がありそうな村人を集めます。それぞれの話を聞いて人狼を見つけ出してください！　そしてその憎き人狼を倒してください！」

「任せてください！」

　ケンジャノッチは拳を握って同意した。

　うなずき返したジン・ロウは、最後にひとつだけ付け加えた。

「ちなみにこのジン・ロウはもちろん人狼ではないので安心してください」


　少し時間が経ち、容疑者と思われる人物が三人、別々の部屋に集められた。

　ジン・ロウはケンジャノッチたち三人を集め、声を潜めて話した。

「人狼の疑いがある容疑者を三人集めました。誰が人狼か探ってください。容疑者が逃げないように監視も二人つけました」

　一人の男がケンジャノッチたちに挨拶する。

「はじめまして勇者さん、俺は監視を任されたツギノヒガ・イーシャ。もし人狼が襲ってきたらボッコボコの返り討ちにしてやりますよ！　ははははは！」

自信満々にそう宣言したツギノヒガ・イーシャは、一転して声を落としてこう続けた。

「ところで勇者さん、女を振り向かせるいい方法を知りませんか？　妻に内緒で貢ぎまくってるのに、なかなか振り向いてもらえないんですよ」

「さあどうでしょう……」

ケンジャノッチは「この人は何を言ってるんだ」と思いながらもお茶を濁した。

ツギノヒガ・イーシャと入れ替わるように、一人の女がケンジャノッチたちに挨拶をしにきた。

「はじめまして勇者さん、私は監視を任されたオマ・エモカといいます。もし人狼が襲ってきても私の夫がボッコボコの返り討ちにしてくれますよ！」

自信満々にそう宣言したオマ・エモカは、一転して声を落としてこう続けた。

「ところで勇者さん、男を振り向かせるいい方法を知らないでしょうか？　夫に内緒で貢ぎまくってるのに、なかなか振り向いてもらえないんですよ」

オマ・エモカ、お前もか。とケンジャノッチは心の中でつぶやいた。

ケンジャノッチたちはさっそく話を聞くため、容疑者のいる部屋に向かった。

ひとつめの部屋の扉を開くと、紫のローブをまとい水晶玉を持った老婆が座っていた。

【タダノムラ・ビートの証言】

どうも、タダノムラ・ビートっていうわ。

ここで何をしているのかって？

あの村長に急に呼び出されたんだよ。私のことが好きなのかしらね？

え？　ふだん何してるのかって？

ふだんは人間……じゃなくて土を食べて生活しているわ。

土はミネラルがたっぷりっていうでしょう。

人狼について？

ああ、ここのところこの村は人狼の話題でもちきりよ。

私は人狼なんて本当にいるのって思ってるけど。たまたまみんな滑って転んで頭打ちつけて死んでるだけなんじゃないかしら。

誰が怪しいか？

さあ？　人狼なんていないんじゃないかとも思うけど。もし人狼がいるとすればオオカ・ミジャナイさんだと思うわ。あいつなんかムカつくし。

ケンジャノッチたちは部屋をあとにした。

「今の人、人間を食べるとか言っていたな」

マトハズレイがタダノムラ・ビートのいる部屋のドアを振り返る。

「いや、土を食べるって言っていたような気が……」

ケンジャノッチが半信半疑の顔つきでそう返す。

「でも、土を食べるってなんか妙じゃないかな……」

「そんなことはないぞ。だって土はミネラルがたっぷりだからな！」

ケンジャノッチが疑問をはさむと、マトハズレイは腕組みをして言い切った。

次の部屋に入ると、髪を二つに結んだ小柄な若い女が楽しそうに酒を飲んでいた。


【オオカ・ミジャナイの証言】

こんばんはぁ、オオカ・ミジャナイです。

今日は村長さんがこの樽《たる》のお酒を好きなだけ飲んでいいって言ってくれたの！　えへへへ！

え、ふだん？

ふだんは男の人にご馳走《ちそう》してもらったりプレゼントをもらったりして生きてるの！

ジンロー？　知ってる知ってる！　マジ怖いよねー！　でもワケわかんないヤツが私に嫉妬してキレてる方が怖いかもー！　かわいすぎるって罪なのかなー！

え、誰が怪しいかって？

ウラ・ナイシさんがバチクソ怪しいと思うよー！　マジ挙動不審だしー！

あ、そんなことより勇者さーん。私とキスしてみるー？


「え？　いや、え……？」

「結構です！」

ケンジャノッチが戸惑っていると、ウラギールがぴしゃりと一喝し、部屋をあとにした。

数分後、ケンジャノッチたちは最後の部屋に入る。

そこには、小太りで背は低く、顔中が油まみれで、あごにはまるで狼の毛のようなヒゲをたくわえた男がいた。


【ウラ・ナイシの証言】

ひ！　ぼ、僕ですか！　僕はウラ・ナイシと申します！

え？　何してるかって？

ひーーっ！　僕は何もしてません！　人狼じゃありません！　今日は理由もわからないままここに連れてこられたんです！　僕は人狼じゃありません！　絶対に人狼じゃありません！

え？　誰が怪しいと思うかって？

えへ、えへへへへ……ゆゆゆ勇者さん、ここだけの話なんですけどね……じじ実は僕……人狼が誰だか知っているんです……えへへへへ……！

ずずずずばり……人狼は村長ジン・ロウですよ。

ぼぼぼ、僕、そういうのわかっちゃうんですよ。えへへ……えへへへへ……！

全ての証言を聞き終えたケンジャノッチたちは誰もいない部屋に入り、そこで誰が人狼なのかを推理することにした。

「私はウラ・ナイシが怪しいと思う。どう見てもあいつは怪しすぎる」

まず出されたマトハズレイの率直な意見に対し、ウラギールが考え込みつつ反論する。

「確かに怪しさはあったけれど、でも人狼だったら逆にもっと堂々としてるんじゃない？」

マトハズレイはそれを聞いて「一理ある」とうなずき、意見を翻した。

「じゃあタダノムラ・ビートだな！　あいつは妙に人狼の存在に否定的だった！」

ケンジャノッチはその意見に「なるほど」と理解を示し、話を前に進めようとする。

「オオカ・ミジャナイについてはどう思う？」

マトハズレイはまぶたを閉じて十分に熟慮したのち、目をカッと見開いて答えた。

「あいつは……なんかムカつくな！」

「確かに、なんかムカついた」

ウラギールはノータイムで賛同した。

「あんまり人狼って雰囲気ではなさそうだけど、逆にあの余裕っぷりがちょっと怪しい気も……」

彼女の意見を聞いた上で、ケンジャノッチは考え込んだ。

「うーん……みんな怪しいと言われれば怪しいし、怪しくないと言われれば怪しくない……」

議論は一度止まりかけたが、ウラギールが何か言いたげな様子でケンジャノッチを見る。

「ケンジャノッチ、ちょっといい？」

呼びかけられたケンジャノッチと、ついでにマトハズレイがウラギールへと目を向ける。

ウラギールは、頬に一滴の汗を流し、緊張も露わに言った。

「実は私、村長のジン・ロウが人狼なんじゃないかって思ってる」

予想だにしなかったその言葉は、二人に衝撃をもたらした。

「な、何を言っているんだウラギール！」

「そうだぞウラギール！　あんなに食べ物をくれた村長が人狼なんて！」

ケンジャノッチは驚愕し、マトハズレイもウラギールに対して反論しようとする。

「ウラギール、何を根拠にジン・ロウ村長が人狼だっていうんだよ。村長はあんなに僕たちによくしてくれたじゃないか」

ウラギールを見据えて、ケンジャノッチが問いただす。

「根拠って言われると難しいけど、なぜかそんな感じがする」

「そんなの説明になってないよ……」

ケンジャノッチが顔を青くして重い声で返すと、ウラギールが二人に向かって問いかける。

「逆に二人が村長ジン・ロウを人狼だと思わない根拠って何？」

「だって。村長は僕たちによくしてくれたし……」

「そうだそうだ！」

ケンジャノッチの意見にマトハズレイも賛同する。

「何より人狼を倒すように言ったのは村長ジン・ロウじゃないか。もし村長ジン・ロウが人狼だとすれば自分で人狼の話題を出すなんておかしいじゃないか」

「そうだそうだ！」

さらにケンジャノッチが自分なりの考えを示すと、やはりマトハズレイも賛同した。

すると今度は、それを聞いていたウラギールが反論を始める。

「もし私たちがこの村に滞在すればいずれ村の誰かから人狼の話を聞くことになる。それならいっそ人狼自身がその話題を一番最初に出すことで自分自身は疑われずに済むんじゃない？」

「そ、それは……」

さらなる反論を思いつかず、ケンジャノッチは口ごもった。

しかし、彼は村長ジン・ロウが人狼だとは思いたくなかった。そこにウラギールが畳みかける。

「だいたいこの家にいる人狼候補だって村長が選んできたんでしょう？　あたかもあの三人の中に人狼がいるかのように見せかけて」

「そんなのでたらめだよ！」

精神的に追い込まれたケンジャノッチは、募るイラ立ちからつい声を荒げてしまった。

「なんでそんなこと言うんだよ……？　僕はウラギールのことが嫌いになりそうだよ……。あんな優しい村長ジン・ロウが人狼なわけないじゃないか……！」

もはや理屈ではなく、感情のみでケンジャノッチはウラギールの言い分を否定する。

冷静に彼を見るウラギールの瞳が、そのとき一瞬だけ揺らいだ。

彼女はすぐに目をそらした。

「ケンジャノッチはジン・ロウが人狼だと思いたくないだけなんじゃないの？」

「何を……！」

「二人とも冷静になれ！」

空気が悪くなりかけたところで、マトハズレイが大声で割って入った。

「ひとまず一回話を整理しようじゃないか。つまり……」

マトハズレイは冷静に状況を分析し始めた。

「つまり……あー……」

彼女の天才的頭脳が、やがてひとつの結論に達する。

「つまり、村長の作ったご飯はおいしかったってことで合ってるか？」

「マトハズレイは黙って」

「………」

ウラギールがそう言うと、マトハズレイは素直に黙った。

「ケンジャノッチは誰が人狼だと思う？」

「え？」

改めてのウラギールの質問に、ケンジャノッチは戸惑いの声を漏らした。

「確かに。ケンジャノッチは誰が人狼だと思うんだ？」

そこにマトハズレイも加わって、二人の視線がケンジャノッチを刺す。

「ぼ、僕は……僕が人狼だと思うのは……」

少しして、ケンジャノッチたちは家を出て暗がりの中を歩いていた。

「ここにしよう」

途中で立ち止まり、ケンジャノッチがそう言った。

「それで、人狼が誰かわかりましたか……?」

ケンジャノッチたちに連れてこられたジン・ロウはケンジャノッチたちに尋ねた。

その瞬間、ケンジャノッチは剣を抜いた。


夜中、ケンジャノッチは宿で横になっていた。

自分の判断が本当に正しかったのか、自信を持てないまま いつまでも寝つけずにいた。

隣の部屋ではウラギールが窓から月を眺めており、マトハズレイは爆睡している。

「ダメだ、どうにも眠れない」

ケンジャノッチが眠るのをあきらめて起き上がり、灯りをつけた。

部屋に置かれた本棚の前に立って、適当に目に入った中から『呪いと刻印の世界』というタイトルの本を手に取り、パラパラとめくる。

その本の内容は全体的にオカルトじみており、魔法の刻印で人格や生死をコントロールするだの、儀式によって世界に呪いをかけるだの、バカバカしいことが書かれていた。

愛の刻印によって好きな人に振り向いてもらおうだとか、死の刻印によって嫌いなやつを殺そうだとか、世界に呪いをかけて悪人をチョコレートに変えてしまおうとか、きっと人生がうまくいかなかった人間が、強くなった気になりたくて書いたものなのだろう。

他の本には賢者の血についても記述があった。賢者の力は大切な人を守るときに覚醒し、愛によって増大する、と書いてあった。

「賢者の血か……」

ケンジャノッチは自分の手を見る。

もし自分に賢者の血が流れていればと考えたが、そんな空想はするだけ無駄だと思い直し、ケンジャノッチは本を戻しベッドに戻った。


翌朝、三人は外からの悲鳴を合図に目を覚ました。

「今の声は……？　何があったんだ……！」

ケンジャノッチが慌てて部屋を出ると、ウラギールとマトハズレイと鉢合わせた。

三人が急いで宿を出て悲鳴があった場所に駆けつけると、そこでは男が大量の血を流して倒れており、すぐそばでは昨晩監視役を務めたオマ・エモカが震えていた。

「私の夫が……人狼に……！」

倒れていた男は、彼女と同じく監視役だったツギノヒガ・イーシャだった。

「そ……そんな……」

ケンジャノッチは愕然となった。

「まさか、ツギノヒガ・イーシャが、次の被害者に……」

それじゃあ、人狼はまだ生きている……?

ケンジャノッチは顔面蒼白になり、全身を震わせ始めた。

腹の底から激しい恐怖がこみ上げてくる。

「嘘だ……嘘だ嘘だ……!」

そう繰り返しても、目の前に倒れたツギノヒガ・イーシャは一向に動きを見せない。

オマ・エモカがケンジャノッチをにらみつける。

その突き刺すような視線に、ケンジャノッチは自分は選択を誤ったのだと知った。

僕たちは、間違えていた……。

「勇者様……!　あなたたちが人狼を倒してくれると聞いてました……!　それなのに……どうしてこんなことに……!」

何もできずに立ちすくんでいるケンジャノッチを、オマ・エモカが責め立てた。

「ごめんなさい……ごめんなさい、ごめんなさい……!」

ケンジャノッチは涙目で謝罪をした。そして、ウラギールに恨みがましい目を向ける。

ウラギールが変なことを言い出したからだ。

それで僕の判断力がにぶったんだ……。

事もあろうに、ケンジャノッチはウラギールに責任をなすりつけようとしていた。

そうすることでしか、今の彼は自分を保つことができなかった。

「謝ったって夫は帰ってきません！」

しかし、涙を流しながらのオマ・エモカの訴えが、ケンジャノッチの心を抉《えぐ》る。

「オマ・エモカさんの言う通りだ……」

ケンジャノッチは弱々しい声でつぶやいた。

こんなの、謝って済む問題じゃない。

ケンジャノッチはうつむいて体を震わせる。底なしの絶望が彼の心を打ちのめした。

「もうダメだ」

ケンジャノッチは、自分の罪を噛み締め、涙を流した。

「僕なんて……、僕なんて……！」

次の瞬間、突如ウラギールがオマ・エモカに向かって氷のつぶてを浴びせた。

「きゃあぁ！」

強烈な冷気に晒され、オマ・エモカが悲鳴を上げる。

「な、なにやってんだ、ウラギール！」

意味がわからず、ケンジャノッチがウラギールを責めようとした。

だが、彼女は無言でオマ・エモカがいた方向を指さした。

ケンジャノッチが見ると、オマ・エモカの顔が狼になっていた。

「ほほう、よく見破ったね」

オマ・エモカが牙の見える大きな口を歪めて笑う。

「ひっ」

これもまた意味がわからず、ケンジャノッチは息を呑んだ。

「尻尾が見えてんのよ！」

「おっと、それはウカツだったね……」

長い尻尾をユラリと揺らして、オマ・エモカは全身に殺気をみなぎらせる。

「私たちは暗黒四天王の序列二位、オマ・エモカ・アンド・ジン・ロウ！」

そう名乗りをあげたあとで、彼女は軽く肩をすくめた。

「まあ、ジン・ロウはあんたたちにやられちまったみたいだけど」

「そう……人狼が一人だけとは限らない」

ウラギールがそこを指摘すると、成り行きを見守っていたマトハズレイがうなずいた。

「人狼はもう一人いたってことか……オマ・エモカ、お前もか！」

「ばれちまったものは仕方ない！　貴様らを八つ裂きにしてくれるわ！」

オマ・エモカはウラギールに狙いを定め、爪で引き裂こうと飛びかかってくる。

「さ、させるか……！」

やっと我に返ったケンジャノッチがとっさに剣を抜き、オマ・エモカの前に割り込んで、カウンターで斬りつけようとした。

「おおっと、見え見えさ」

オマ・エモカは軽々とその場を飛びのいて、ケンジャノッチの斬撃を華麗によけた。

この身のこなし、こいつは接近戦を得意とするタイプか……！

「ここは僕とマトハズレイで応戦する。その隙にウラギールは魔法の準備をしてくれ！」

今だけは目の前の戦いに意識を専念させて、ケンジャノッチは仲間二人に呼びかける。

「ふむ、悪くない案だな！　ふん！」

彼の指示にマトハズレイも同意し、ニヤリと笑って自分の剣でオマ・エモカを狙った。

「ふん、遅すぎてあくびが出るねぇ！」

しかしオマ・エモカはその攻撃を軽くよけ、せせら笑う。

このとき、彼女は魔力の集中を終えて杖を向けるウラギールに気づいていなかった。

「全てを貫け。氷魔法奥義ダンガンミ・タイナコーリ！」

暗黒四天王のオマ・エモカの姿が、弾丸みたいな氷の嵐に襲われて見えなくなる。

「よし、ここで相手にダメージを与えられれば、有利に立ち回れる……！」

確かな手ごたえに、ケンジャノッチは拳を握りしめる。

ところが白い冷気がおさまると、バリアに守られた無傷のオマ・エモカが立っていた。

「バカな……あの攻撃をくらってノーダメージ……？」

想定外の事態に、ケンジャノッチは面食らってしまった。

「守護魔法マホキカーヌ」

オマ・エモカは自分を守るために使った魔法の名を自慢げに告げる。

「私に魔法攻撃は効かないよ」

肉弾戦スタイルの敵に魔法が効かないのであれば、戦いはかなり厳しくなる。

飛び道具がない限り、こちらも近づいて戦う必要があるが、こういったモンスターは人よりもパワーもスピードも上であることが多く、押し負けやすい。

「では、こちらから行くぞ。秘技グーデナ・グール！」

叫ぶが早いか、オマ・エモカは一直線にマトハズレイに迫り、思いきりグーで殴った。

「く、速い……！」

マトハズレイはギリギリのところでガードしたが、防ぎきれずに吹っ飛ばされた。

だが彼女はそこで勢いを逆に利用して、空中で体を一回転させて見事に着地する。

「大丈夫か、マトハズレイ！」

ケンジャノッチが声をかけると同時、いきなり眼前にオマ・エモカが現れた。

「他人を心配してる場合？」

その嘲りの言葉と共に、オマ・エモカがグーで殴りかかってくる。

「危ない！」

ウラギールはケンジャノッチの前に氷の壁を出現させる。

オマ・エモカの拳は氷の壁をやすやす打ち砕くも、破片が派手に散ってその視界を一瞬遮った。

「ここ！」

ウラギールが、攻撃直後にできた隙をついてオマ・エモカに氷魔法を浴びせる。

「マホキカーヌ！」

しかし一瞬早く声が響き、オマ・エモカは守護魔法によって氷魔法を打ち消した。

「なかなかやるねぇ」

オマ・エモカは感心したように言うが、その態度は明らかにこちらを見下していた。

「隙ありぃ！」

死角からマトハズレイが攻撃を仕掛けるが、オマ・エモカはあっさりと回避する。

「くっ、なんて速さだ……マホキカーヌに加えてあのスピード。隙がないっ……！」

オマ・エモカの戦いぶりを観察していたケンジャノッチが静かに歯嚙みする。

オマ・エモカは誇らしげに笑う。

「あんたらの攻撃は私には通用しないよ！　さぁ、まとめて叩きつぶしてやる！」

オマ・エモカが両腕を広げて歩きながら笑って叫んだ。だがその姿には一分の隙も見られない。

「戦いのセオリー、まずはうっとうしい魔道士から始末すること！」

オマ・エモカはウラギールの方に体を急旋回させて、グーで殴ろうとする。

ウラギールは氷の壁を展開しようとしたが、先にオマ・エモカの拳が眼前に迫る。

「あ……！」

「危ない、ウラギール！」

ウラギールが殴られるのを覚悟した瞬間、ケンジャノッチが割って入り、彼女の代わりにオマ・エモカの拳を受け止めて、派手に吹き飛ばされていった。

「ちっ、またあんたかい！」

「くらえ！」

舌打ちをするオマ・エモカの横合いから、マトハズレイが斬りかかる。

「こざかしい、丸見えだよ！」

自分を狙う剣をサッとよけたオマ・エモカが、マトハズレイの腹に拳を叩きこんだ。

「ぬあぁ！」

マトハズレイがケンジャノッチのように地面を転がっていく横で、ウラギールが攻勢に回る。

「全てを貫け。氷魔法奥義ダンガンミ・タイナコーリ！」

「マホキカーヌ！」

オマ・エモカは即座に身をひるがえし、光の壁を出現させて氷魔法を防御した。

「くっ、反応が早すぎる……！」

ウラギールが顔をしかめた。氷魔法の奥義ともなれば、あと何度も使えるものではない。

「ふん、何度繰り返しても同じなんだよ、ノロマが！」

オマ・エモカがウラギールに接近し、笑いながら拳を振るった。

「きゃぁ！」

ウラギールは積み上げられた近くの薪《まき》の山にしたたかに全身を打ちつけた。

「ウラギール！」

起き上がりざまにそれを見たケンジャノッチが叫んだ。

魔法は効かず、接近戦では押し負ける。いったいどうすれば……？

自分だけでなく、マトハズレイも倒れている現状に、ケンジャノッチは頭を悩ませた。

「さて、息の根を止めてやるか」

オマ・エモカは起き上がれずにいるウラギールに近づいてトドメを刺そうとした。

そこに剣が投げつけられ、気づいたオマ・エモカは身を引いてかわした。

剣の飛んできた方に目をやると、投げた体勢のままマトハズレイがニヤリと笑った。

「ちっ、こしゃくな……！」

オマ・エモカににらみつけられたマトハズレイは、凛々しい顔でバッと両手を上げた。

「な、なんだこのポーズは……？　これは、どう見ても降参のポーズ……！」

驚きのあまり、オマ・エモカは心の中のつぶやきをそのまま口にしてしまった。

「こんなに自信に満ち溢れた顔で降参するやつは初めて見たねぇ……」

マトハズレイは勇壮な笑みを浮かべ、両手を上げてオマ・エモカに歩み寄っていく。

「ふん、情けない。死の恐怖のあまり、戦士の誇りを捨てて開き直ったみたいだね。でも残念。そんなことで命を助けてあげるほど私は甘くないんだよ」

少しずつ距離を縮めようとするマトハズレイに、オマ・エモカが瞳をギラつかせる。

「死にな。ここがお前の墓場だぁ！」

そう告げたオマ・エモカが、マトハズレイにトドメを刺すべく拳を突き出す。

「待っていたぞ、このときを！」

マトハズレイもまた瞳に鋭い光を宿して、そう叫んだ。そして音が爆ぜた。

「ば……ばかな……！」

オマ・エモカの顔から、初めて余裕の色が消えた。

必殺の一撃だったはずの拳は、マトハズレイの左手に完全に受け止められていた。

「私の秘技グーデナ・グールを……片手で……？」

自分の技に相当な自信があったオマ・エモカは受けたショックから一瞬無防備になる。

そこにマトハズレイが素早く接近して逆襲の拳をお見舞いしようとする。

「ちっ！」

オマ・エモカはすんでのところで彼女の反撃をかわすも、まだ余裕は戻らない。

「今度こそ、全てを貫け。氷魔法奥義ダンガンミ・タイナコーリ！」

マトハズレイに続いて、さらにウラギールが死角から氷魔法でオマ・エモカを狙う。

「くそっ！」

毒づくと同時にオマ・エモカはウラギールの方を向き直って守護魔法を使った。

「マホキカーヌ！」

間一髪のタイミングで展開された光のバリアが、氷の弾丸を全て無効化する。

「……今のは！」

オマ・エモカの戦い方を必死に観察していたケンジャノッチが、その一瞬で気づいた。

「これまでずっと、オマ・エモカはマホキカーヌを前方にしか展開していない……！」

ケンジャノッチは立ち上がり、そのまま大声を上げて剣を振り上げ走り出した。

「うおおおおお！」

「ふん、ヤケクソになったか」

オマ・エモカはケンジャノッチを露骨に蔑むような目で見て、素早く殴りつけた。

「ぐあっ！　まだ、まだ……！」

ケンジャノッチは大きくのけぞってよろけたが、またすぐに剣を構え直して立ち向かう。

「もっと痛い思いをしないとわからないみたいだねぇ！」

オマ・エモカは、引こうとしないケンジャノッチに顔をしかめ、連続攻撃を開始する。

はじめのうちはケンジャノッチもなんとかガードを間に合わせていたが、それも長くは続かず、剣を弾き落された彼はそのままオマ・エモカの思うがままに殴られ続けた。

「あはは、遅い遅い！　あんた遅すぎるよ！」

「ぐっ！　うあっ！　うぐっ……！」

殴られるたび、ケンジャノッチは苦しみの声を上げた。

「ケンジャノッチ！」

ウラギールがケンジャノッチを助けに行こうとするが、氷魔法の奥義を何度も使ったことによる疲労から、足が震えて思うように動けなくなってしまっていた。

彼女が見ている前で、ケンジャノッチは訓練用の人形のように滅多打ちにされていく。

「あはは！　勇者様もぶざまだねぇ。このまま私のおもちゃになるといい！」

もはや完全に勝利を確信して笑うオマ・エモカだが、顔中を血に染めたケンジャノッチの目に諦めの色はなかった。それどころか、彼はそこで笑いすらした。

「油断したら、お前の方が、おもちゃに、なるぞ……」

「ほざけ、ザコが。これで終わりにしてやるよ！」

オマ・エモカは思いきり拳を振り上げた。

この近距離で彼女が見せた隙にケンジャノッチはニッと笑い、振り下ろされたオマ・エモカの拳を前に踏み出すことでよけて、そのまま抱きついた。

「な、なんだお前は？　離れろ、離れろザコが！」

焦るオマ・エモカの声を耳元に聞きながら、ケンジャノッチが大声で叫ぶ。

「ウラギール、今だ！　今なら魔法が効く！」

「え？」

ウラギールは彼の言っていることをすぐに理解して、その目を見開き、声を震わせる。

「でもそしたらケンジャノッチも……！」

「いいから撃て！　今しかチャンスがない！」

ケンジャノッチが再び叫んだ。

「僕の体力が尽きてこいつに逃げられたらおしまいだ！　早く撃つんだ、ウラギール！」

「でも、でも……！」

彼の言葉が正しいとわかるからこそ選択の余地はなく、ウラギールは涙をこぼした。

「頼む、撃ってくれ！　ウラギール！」

「……わかった」

ケンジャノッチの切実な訴えに、ウラギールは涙をぬぐって魔力を集中し始める。

「くそ、放せ！　放せ、ザコ勇者め！」

オマ・エモカが激しく抵抗するが、ケンジャノッチは断固として放さなかった。

ウラギールの目が青く輝き、全身が青のオーラに包まれる。

その様を見たオマ・エモカの中で、膨らみつつあった焦りが一気に危機感に変わった。

「まずい……このままだと……」

「マホ、キカーヌが、使えないんだろう？」

「何……！」

「あれは、前を向かないと、使えない魔法だ！」

確信をもって言ったケンジャノッチが勝ち誇った笑みを見せた。

「き、貴様、貴様ぁ！」

図星を突かれたオマ・エモカは、我を忘れて大声で怒鳴る。だが、遅かった。

「氷魔法奥義ダンガンミ・タイナコーリ！」

朝のジンロー村にウラギールの声が響き、氷の弾丸がオマ・エモカとケンジャノッチを襲った。

真っ白い冷気が大きく広がり、二人の姿を覆い隠す。

しばらくすると煙のような冷気は徐々に晴れていき、オマ・エモカの姿が見えてきた。

暗黒四天王オマ・エモカは体の半分が凍りつき、傷ついた箇所からは紫色の液体が流れていた。

「バカな……勇者がわざわざ自分から犠牲になるなんて……」

かすれ声でオマ・エモカがそうつぶやくと、ケンジャノッチも身を傾けながら答える。

「勇者だから、だよ……」

両者はそのまま倒れた。ウラギールが、彼の名を叫ぶ。

「ケンジャノッチ！」

そして彼女はケンジャノッチへと駆け寄っていった。

その近くで、マトハズレイが拾い上げたケンジャノッチの剣でオマ・エモカを貫いた。

オマ・エモカはドロドロに溶け、紫色の液体だけが残った。

「ケンジャノッチ！　目を覚まして、ケンジャノッチ！」

ウラギールがケンジャノッチを抱き起こすと、彼はうっすらと目を開けた。

「ケンジャノッチ、大丈夫……？」

ウラギールがまた涙目になって彼の顔を覗き込んだ。

「僕は……」

ケンジャノッチが小さく声を漏らす。ウラギールの顔に安堵の笑みが浮かんだ。

「ケ……ケンジャノッチぃ……！」

彼女は大粒の涙をこぼす。ケンジャノッチはそれを無言のまま見ていた。

「ふむ……どうやら、オマ・エモカがケンジャノッチの盾になっていたようだな！」

珍しくマトハズレイがちゃんとした考察を口にした。

「もぉ……立てる……？」

ウラギールは涙をぬぐいながら言った。

言われたケンジャノッチはゆっくりと立ち上がり、うつろな目でこう返した。

「ごめん、ウラギール……僕はやっぱり帰る」

ケンジャノッチはそれだけ言うと、朝っぱらから宿に帰った。

昼間の宿で、ケンジャノッチは魂が抜けたようにベッドの上で横になっていた。

ウラギールやマトハズレイが話しかけても「僕が悪いんだ……」の一点張りで、他は何も話さなくなっていた。ウラギールはしばらくこのままひとりにしておいた方がいいと判断し、マトハズレイと共に外に出かけていった。

部屋に残されたケンジャノッチは、ぼーっとした頭でひとり思考を巡らせていた。

「裏切られた……」

ケンジャノッチは感情のない声でつぶやいた。

あんなに優しくしてくれたジン・ロウが本当は人狼だった。

ノーキンタウンに続いて、またしても信じていた相手に裏切られてしまった。

「誰も信用できない……」

このとき、ケンジャノッチが思い出していたのは、サギッシーの一件だった。

「二万八〇〇〇ゴールドのミカン……」

それを口にした途端、ケンジャノッチは胸を突かれるような痛みを感じ、ベッドの上で身を丸めて震えた。全ては、警戒もなしに人をすぐ信用してしまう自分が悪いのだ。

「もう、誰も信用しちゃダメなんだ」

そうつぶやいたケンジャノッチは、ウラギールの顔を思い浮かべていた。

ウラギールだって、いつか僕のことを裏切るかもしれない……。

突然、強烈な悪寒を感じてケンジャノッチは布団をかぶった。

そして、今考えてしまったことに対して、すぐに激しく後悔した。

ケンジャノッチは、ツギノヒガ・イーシャが襲われたことを知ったとき、自分の責任をウラギールになすりつけようとした。

自分の方こそが、仲間を裏切ろうとしていた。

自分の身勝手さに嫌気が差したが、だからといって仲間を信用できるのかと言われると、自信はなかった。いや、信用して裏切られることがどうしようもなく怖かった。

信用できない仲間とこれからも旅を続けるのか？

ケンジャノッチは己に問うたが、それだけで心が重くなり、答えは出せなかった。

そもそもこの旅をする意味は、自分がここにいる意味は、そういった問いがケンジャノッチの頭の中に次々と浮かんでは消えていった。

ケンジャノッチは布団から頭を出し、扉に目をやった。

そして一度深呼吸し、自分の考えを口にする。

「帰ろう……僕がいなくたってあの二人が魔王を倒してくれる……」

ケンジャノッチはそう結論を出し、それ以上考えることをやめた。

すると急に眠気がやってきて、ケンジャノッチはそのまま眠ってしまった。


目が覚めると、夜になっていた。

ケンジャノッチはもう一度眠ろうと思ったが眠れず、起き上がってイスに座った。

それからは何をするわけでもなく、彼はただぼんやりと部屋の中を眺め続けた。

しばらくして、ウラギールが部屋に入ってくる。

「起きたんだ」

その物言いは、いつもより少し柔らかい感じがした。

「マトハズレイは隣の部屋でもう寝ちゃった。疲れてたのかな」

ケンジャノッチは彼女の方は見ずに、うつむいたまま黙っていた。

「この村の図書館って結構充実してるんだよね。回復魔法の使い方が載っててさ、試しにやってみたらできちゃった。これでピンチになっても立て直せるかも」

ウラギールの言葉に、ケンジャノッチはやはりなんの反応も見せなかった。

少しして、一度も彼女に目線をやらなかったケンジャノッチが恐る恐る口を開いた。

「ごめん……僕はもうこれ以上やっていける自信がない……」

「なーに言ってんの。冒険に悲しさや苦しさは付き物でしょ？」

ウラギールは深刻な雰囲気になるのを避けるためか、気楽な感じで答える。

しかし、ケンジャノッチは顔を上げないまま、手を固く握りしめた。

「僕はウラギールみたいに強くない……」

「大丈夫。ケンジャノッチだって前向きになれる。だってケンジャノッチには賢者の血が流れてるんだから」

「このケンジャノッチに賢者の血が流れてるわけないよ……」

「もー、信じるって約束したでしょ」

ウラギールはケンジャノッチのことをジッと見つめていた。

「ウラギールは知らないだろう……？」

ケンジャノッチは、ウラギールがまとう軽い雰囲気には流されずに続ける。

「不安で眠れない夜があること……」

ケンジャノッチの頭には、病に伏せていた母の姿がよぎっていた。

「世界から消えてしまいたくなること……」

次に頭をよぎったのは、二万八〇〇〇ゴールドのミカンだ。

「期待という大きな荷物を背負わされて、その荷物に押しつぶされて、それでもその荷物を下ろせないこと……」

それを言ったとき、国王や王妃の顔が浮かんだ。声がどんどんと震えてくる。

「誰かに愛される自信がないこと……誰かを愛する自信もないこと……それなのに、誰かに愛されたいと願ってしまうこと……」

ようやく、ケンジャノッチはウラギールに視線を向ける。

ウラギールは一瞬目をそらしかけたが、すぐ不満げに唇を尖《とが》らせケンジャノッチを見つめ返した。

「バーカ」

いきなり、そんな言葉を浴びせられてしまった。

ケンジャノッチは、このウラギールの意外な反応に驚き、言葉を失ってしまう。

「ケンジャノッチの何がバカなのか教えてあげる」

ウラギールはケンジャノッチを覗き込んだ。

「人を愛することができるのに一歩踏み出せないこと」

ウラギールの足が、ケンジャノッチに一歩近づいた。

「愛されていてもそれに気づけないこと」

ウラギールの手が、ケンジャノッチの頬に触れた。

「自分が特別に不幸だと思ってること……」

ウラギールの言葉が、ケンジャノッチの心に届いた。

「その特別な不幸に安心して勇気を出せない言い訳をずっとし続けていること」

ケンジャノッチはうつむいたが、ウラギールは彼の顔を覗き込み目線を合わせてきた。

「そして……」

ウラギールはケンジャノッチの顔をまっすぐ見据えたまま、語りかける。

「眠れない夜も、世界から消えたくなる思いも、期待という荷物を下ろせないことも、愛される自信がないことも、愛する自信がないことも、それでも愛されたいという感情も、私が知らないと思い込んでること」

ケンジャノッチは虚を突かれたようにビクリと震えて、ウラギールを見返す。

「あんたがびくびくしてるから頑張ってるだけだっつーの」

ケンジャノッチは呆気にとられ、いきなり瞳から涙がこぼれる。

「うっ……」

彼は小声でうめいていた。

「え、ちょっと？　なんで泣いてんの？　泣きたいのはこっちなんだけど……」

ウラギールはそうやって戸惑いを見せたのち、声の調子が少し変わる。

「もー、私まで泣いちゃうじゃん……」

彼女はそう言って、ケンジャノッチに背中を向けた。

「あーもうやだ……ケンジャノッチの前で泣きたくないんだけど……」

ケンジャノッチからは顔が見えない状態でのウラギールの声は、半ば泣き声だった。

「なんで僕の前で泣きたくないんだよ……」

不服そうにぼやく彼に、ウラギールは「だって」と一言前置きをして続ける。

「ケンジャノッチがただ慌てて不安になるだけじゃん……」

ウラギールは強がるように言い、ケンジャノッチに背を向けたまま自分の涙を拭いた。

「ごめん……」

ケンジャノッチは申し訳なさげに謝った。

「ごめんじゃなくて……」

ウラギールはケンジャノッチの方に向き直って、改めて視線を合わせる。

「五秒だけ胸貸して……」

「え……」

ウラギールはそれだけ言うと、ケンジャノッチの胸に顔をうずめる。

永遠にも等しい五秒が過ぎて、ウラギールは幾分すっきりした顔で彼から離れた。

「ありがと。気がすんだ」

ケンジャノッチはどう答えればいいのかわからない様子で黙っていた。

「とっとと寝て。明日出発するんだから……なに、その顔？」

ウラギールが見ると、ケンジャノッチは黙りこくりながらも何か言いたげだった。

「もーしょうがないなぁ。眠れるまで手ぇ握っといてあげるから」

ウラギールはイスをベッドの横に移動させ、優しげにケンジャノッチを手招きした。

「そんな子供扱いしなくても……」

ケンジャノッチが不満げにしながら、素直にイスからベッドに移る。

「じゃあしなくていい？」

ウラギールが意地悪そうに笑うと、ケンジャノッチは無言で彼女の手を握った。

目をつむるケンジャノッチに、ウラギールは小声でささやきかけた。

「愛するとか愛されるとか、ひとりでぐだぐだ考えるなんてバカみたいだよ」

ウラギールは握っている指先でケンジャノッチの手をなでた。

ケンジャノッチが少しだけ握り返す力を強くする。

「そんなの二人いなきゃできないのにさ……」

自分の方からも少し強く握り返し、ウラギールは微笑みを浮かべる。

「ねぇ、ケンジャノッチはこの旅が終わったら何がしたい？」

そう尋ねたのち、ウラギールはケンジャノッチが言葉を返す前に首を横に振った。

「ううん……やっぱり聞きたくないや……」

ウラギールはケンジャノッチの反応を見ようと、その顔に目をやった。

「ケンジャノッチ……？」

声をかけると、返事の代わりに安らかな寝息が聞こえてくる。

ウラギールは彼に顔を近づけた。

「ふふ……子供みたいな寝顔……」

優しく笑ったウラギールは、ケンジャノッチの顔をしばらく見つめ続けた。

「もう少しお喋りしてくれてもよかったのにさ……」

ウラギールは握っていた手を放し、イスから立ってドアへと歩き、ノブをつかんだ。

「ケンジャノッチ……」

部屋を出るまでにもう一度だけ、ウラギールは振り向いてケンジャノッチを見る。

その瞳は、せつなげに潤んでいた。

「私……ケンジャノッチを裏切るくらいなら……」


紫色の玉座に座る魔王ユウ・シャノチーチの前に女が現れた。

「ユウ・シャノチーチ様」

「おお、戻ってきたか……状況はどうだ？」

「暗黒四天王ツヨスギルン、そしてジン・ロウとオマ・エモカがやられました」

「なるほど。やつらも俺の血から作り出されたワラ人形。それでいい」

「勇者ケンジャノッチはこのままこの魔王城へ来る予定です」

「ご苦労」

女の報告を受けて、魔王ユウ・シャノチーチはニヤリと笑った。

今のところは何もかもが順調。

大きな問題は一つもなく、勇者はほどなくここにやってくる。

「ケンジャノッチもまさか仲間に裏切り者がいるとは夢にも思わないだろう」

「そうでしょうね」

ユウ・シャノチーチは女を見据える。今ここで、確かめねばならないことがあった。

「お前にひとつきこう」

「なんでしょう」

「お前はケンジャノッチと戦えるか？」

魔王が唯一抱いている懸念が、それだった。

何も答えない女に、ユウ・シャノチーチは言葉を重ねていく。

「お前はここでケンジャノッチを裏切ることになる。敵とはいえ旅の苦楽を共にした時間があるだろう。情に流されたりはしないか？」

「まさか」

刃の鋭さを宿した魔王の問いかけを、女は鼻で笑って一蹴する。

「私はあなたの忠実なるしもべです。魔王ユウ・シャノチーチ様」

ユウ・シャノチーチもまた、女と同じように笑った。

「それでこそ暗黒四天王の最上位にふさわしい。さすがにお前はワラ人形のほかの暗黒四天王とは違うな……それでは期待しているぞ」

「必ずご期待にそってみせます」

女はそう言うと、魔王の部屋をあとにした。

ケンジャノッチが朝起きると、宿は静かだった。

部屋の中は妙にガランとしているように感じられて、なんとも心細く思えた。

隣の部屋をノックしても返事はなかった。

鍵はかかっておらず、中に入ってみるとウラギールもマトハズレイもいなかった。

ただ、部屋備え付けの机の上にマトハズレイの書き置きがあった。

『毎朝の日課にしている一億キロのジョギングをしてくるぞ！』

ケンジャノッチは苦笑いするしかなかった。ウラギールの書き置きはなかった。

部屋にいてもすることがないので、ケンジャノッチは一度宿を出ることにした。

少し歩くと、村の花畑の前で座り込み、何かをしているウラギールがいた。

「ウラギール？」

ケンジャノッチが呼びかけると、フランネルフラワーで花かんむりを作っているウラギールも彼に気づいた。

国を象徴するフランネルフラワーは、国内のいたるところに植えられていた。

「あ、おはよー」

ウラギールは完成した花かんむりを持ったまま、笑顔でケンジャノッチに駆け寄った。

「見て見て。花かんむり作ったの」

「ああ……」

ケンジャノッチは朗らかに笑っているウラギールに戸惑い、生返事をした。

「小さい頃よく作ってたなぁって」

そう言って笑う彼女は、心なしか普段よりずっと幼く見えた。

彼女はケンジャノッチの反応が薄いことが不満らしく、ブスッと唇を尖らせる。

「何その微妙な顔」

「ああいや……なんだかいつもより子供っぽいなって……」

「悪い？」

「ううん。いいよ」

そう返したケンジャノッチは、なんだかおかしくなって笑ってしまった。

「うわー笑ってる。人のことバカにして」

そう言ったウラギールも自分では気づいていないが、同じように笑っていた。

「違うよ。これはバカにした笑いじゃなくて……」

ケンジャノッチは若干焦った感じで言い逃れをしようとする。

ウラギールは「ふーん」と軽く受け流したかと思うと、少し考えるように視線を巡らせる。その後、遠くを見てポツポツと語り始めた。

「私ね、子供の頃は大人のことが理解できなかったんだ」

それを言うウラギールの顔からは、さっきまでの幼さは消えていた。

「どうして大人たちは私の気持ちをわかってくれないんだろう。私だけはあんな大人にならない。今の気持ちをずっと覚えておくんだって」

ウラギールは帽子を目深にかぶり、ケンジャノッチに顔を見せないようにした。

「でも自分が大人になっていくにつれてその気持ちを思い出せなくなっていくの」

ケンジャノッチは、彼女の声の調子が少し沈んだように感じられた。

「少しずつ、少しずつ。公園の夕焼けも、道端で見つけた花も、好きだった人も、そのときの気持ちなんて思い出せなくなる……」

そこで、ウラギールは改めて顔を上げ、ケンジャノッチを見る。

「だからたまにはこうやって、子供の気持ちにかえってもいいでしょ？」

かわいらしく笑う彼女には、さっきまでの子供っぽさが戻ってきているように思えた。

「そうだね」

ケンジャノッチもうなずいて、ウラギールに同意した。

「もし私に子供がいたら教えてあげるんだ。今のその気持ちは素敵なものなんだよって」

未来を語るウラギールの顔は、これまでとはまた違った印象があった。

ケンジャノッチは言葉を返すよりも先に、そんな彼女の顔にジッと見入ってしまった。

ウラギールはケンジャノッチの視線に気づき、コテンと小首をかしげる。

「……何さっきからジロジロ見てんの？」

「あ、ごめん。ウラギールはきっと素敵な親になるんだろうなと思って……」

ケンジャノッチがごまかすように言うと、ウラギールは一転して物憂げな表情を見せた。

「ま、この旅で死なななきゃね」

「僕たちなら大丈夫。きっと全部うまくいく」

ウラギールは「へー」とほくそ笑みながらケンジャノッチをジロジロ眺めた。

「な、なに……？」

「ちょっとは人の励まし方覚えたじゃない」

「そ、そうかな……？」

「さっすが賢者の血が流れてる人は違うなぁ」

「むっ……」

ウラギールにからかわれたケンジャノッチは、ここで軽く反撃に出た。

「ところで、ウラギールが好きだった人って、どんな人なのかな？」

「え……」

まさか彼がそうくるとは思っていなかったウラギールは、ぽかんとなる。

「それって、初恋の人？」

ケンジャノッチがそう続ける。彼としては、特に深い意味のない話題ではあった。

しかし、ウラギールは苦さと懐かしさをないまぜにした複雑な表情を見せた。

「私に、指輪を作ってくれた人。あとは、覚えてないかな」

「そ、そうなんだね……」

これ以上は踏み込んではいけない空気を感じ取り、ケンジャノッチは言葉を濁した。

「ねえ、ケンジャノッチのお母さんって、どんな人だった？」

「な、なんだよ急に……」

家族の話をするのは恥ずかしかったが、まっすぐな興味を宿したウラギールの瞳を前に、ケンジャノッチは少しずつ話し始めた。

父がいなくなったこと。優しかった母のこと。病気の母のために回復魔法を覚えたこと。そして母が死んだこと。悲しい記憶も、幸せな思い出も、全てを語った。

「そっか……それは残念だったね……」

ケンジャノッチが母の葬儀のことまで語り終えると、ウラギールはどこか羨ましそうな雰囲気をその顔ににじませて、彼の母親についての率直な感想を口にした。

「でも、素敵なお母さんだと思う。ケンジャノッチはお母さんから愛されていたんだね」

遠くを見つめるウラギールは、何かに思いを馳《は》せているようでもあった。

「ウラギールのお母さんは、どんな人だったの？」

ケンジャノッチが問い返すと、ウラギールは静かに顔を伏せた。

「私に母親はいないよ」

返されたのはそれだけで、ケンジャノッチは彼女がこれ以上話したくなさそうなのを察し、そこからしばらくお互い何も言わずに二人で同じ景色を眺めている時間が続いた。

「青いねえ」

突然、横から鼻の下にひげをたくわえた中年の男が話しかけてきた。

二人が驚いて振り向くと、その男は自己紹介を始めた。

「やあ、僕は愛の伝道者テメーガユ・ウナだ。人狼はキミたちが倒してくれたと聞いたよ。助かったよ。ありがとう」

「あ、どういたしまして」

若干話についていけていないケンジャノッチは、ひとまず言葉を返しておいた。

「それはそれとしてだ。おふたりさん、人生にとって最も重要なものが何かわかるか？」

突然の質問に、ケンジャノッチは考えがまとまらずに首をかしげる。

「えっと、な、なんでしょうね……？」

「愛。愛だよ。愛が世界に平和をもたらす。そして人生の幸福とはずばりどれだけ愛されたかだよ。キミたちはどうすれば愛されるのか、まるでわかってないようだね」

テメーガユ・ウナはひげを手でなでながら、ケンジャノッチのことを指さした。

「まずキミ」

「は、はい」

ケンジャノッチは反射的に返事をしてしまった。

「キミはリアクションが地味だ。話している甲斐《かい》がない。もっと大きなリアクションで彼女を気持ちよくさせなきゃ。いいか、さっき彼女が花かんむりを見せてくれただろう」

ケンジャノッチは彼の言葉の意味を悟り、顔を青くして一歩あとずさりした。

「そ、そこから見てたんですか……」

テメーガユ・ウナは眉間をつまんで何度もかぶりを振って、嘆くように声を上げる。

「あーあー、ひどいなこれは。なんだあのリアクションは？　彼女のためにもっとしっかり驚いてみせないと。ど、どひゃー！　花かんむりだってぇー！」

呆けるケンジャノッチの前で、テメーガユ・ウナが派手なリアクションを見せた。

「ほら、やってみて」

「はい？」

ケンジャノッチは微塵《みじん》も理解が追いつかないが、テメーガユ・ウナは待ってくれない。

「はい、彼女が花かんむりを見せてきました、はい！」

「ど、どひゃー、花かんむりだってぇー……」

頑張ってはみたが、ケンジャノッチは言い終わる前から顔が真っ赤になっていた。

「うん、さっきよりはマシだ。すぐに身につけられるものではないからな。日々鍛錬だ」

テメーガユ・ウナは不満げではあったが、ケンジャノッチにアドバイスをくれた。

そこで、ケンジャノッチはふと冷静になって自問した。

いったい自分は何をしているんだろう。何をさせられているんだろう。と。

テメーガユ・ウナは、次にウラギールのことを指さした。

「そしてキミ」

「え、あ、はい」

ウラギールは事態が呑み込めないまま、彼の勢いに押されてつい返事をしてしまう。

「今のキミのことを愛したいとは思えないな。よし、まずはあごをひいて。で、口調もかわいらしく、はにゃにゃ～、花かんむりを作ったぞよぉ～」

テメーガユ・ウナは自分の表現をウラギールにしっかり伝えるためか、声の高さを調整したり、真顔でしなを作ったり両手を頬に当てたりした。

「はいやって！」

何パターンもの動きを見せたのち、彼は何もなかったようにウラギールに促した。

「はにゃにゃ～……花かんむりを作ったぞよぉ……」

ウラギールは低いトーンでかなりぎこちなくマネをした。テメーガユ・ウナは真剣な表情で彼女を凝視し、何かを思案している様子で、長いこと沈黙を重ね続けた。

「これ、何かの拷問ですか……？」

ウラギールは耐えきれず、顔を真っ赤にして半分涙目になりながら言葉を発した。

「うん、これはないな」

そしてテメーガユ・ウナにばっさりと切り捨てられ、彼女は明確に殺意を抱いた。

だがそんなことはお構いなしに、テメーガユ・ウナは指導を続ける。

「鋭いまなざしで、頭がよさそうにあごに少し手を当ててみよう。うん、キミはこういう真剣で知的な感じが似合うな。そして、なるほど、見えたぞ。こうだ」

「なるほど、見えたぞ……？」

ウラギールはそう言ってすぐ、ある違和感を覚えた。

「この感じ……どこかで……」

ウラギールの目の前にある人物の顔が浮かんだ。あごに手を当てる、真剣なまなざし、そして「なるほど、見えたぞ」という言葉……、これは完全に、マトハズレイ！

「テメーガユ・ウナさん、これはキャラが被ります」

突然のウラギールの指摘に、テメーガユ・ウナはさすがに戸惑った。

「キャラ……なんのことかわからないがとにかく日々鍛錬あるのみだ。愛されない人生なんて無意味だからな。そんな無味乾燥な人生を送らないようにしないとな」

「す、すごく知識がおありなんですね」

ケンジャノッチは自信満々に語るテメーガユ・ウナに気圧されながら話を合わせた。

「ああ、もちろん、何せ愛の伝道者だからね」

「テメーガユ・ウナさんはきっと想像もつかないほどみんなから愛されているんですね」

「いいや、今まで誰からも愛されたことはないよ」

二人は沈黙した。

「だが、おじさんにもチャンスはある。僕は今〝愛の刻印〟の研究をしているんだ。これが成功すればみんなが僕を愛してやまなくなる。だが初心者であるキミたちが手を出すのは早い。大丈夫。キミたちはおじさんのアドバイスを取り入れれば必ずみんなから愛されるようになる。時間と苦労が必要だと思うが……日々鍛錬だ！　頑張りたまえ！」

そう言うとテメーガユ・ウナは去っていった。

「テメーガユ・ウナ、てめぇが言うな」

ケンジャノッチは完全な無表情でそう言い捨てた。

ああはなりたくない。それは、ケンジャノッチの偽らざる本音だった。

チラリと、ケンジャノッチがウラギールの方を見ると、彼女はあごに手を当てやけに真剣な顔をしてなにごとか考えていた。そして、こちらにキッと鋭い視線を投げてきた。

「はにゃにゃ～、それじゃあ魔王の城に向かうぞよぉ～」

ウラギールがしなを作り両手を頬に当てて、萌え声でそう言うと、ケンジャノッチは数秒ほど黙りこんだのち、気まずい感じを漂わせて彼女から目をそらした。

「うん、そうなると思ってたよ」

ウラギールは虚無の微笑みを浮かべながらそうつぶやいた。

「あ、そ、そうじゃなくて……」

ケンジャノッチは慌てて取り繕った。

実は、萌え声のウラギールがあまりにかわいすぎて直視できなかっただけだった。

残念ながら弁明をする機会はないようで、ウラギールはとっくに前を歩き出していた。

「あ、そういえばウラギール、マトハズレイは？」

「あれ、そういえば」

二人が話していると、何者かが猛スピードで走ってきて、二人の目の前で砂埃《すなぼこり》を巻き上げながら止まった。砂埃がおさまると、そこにいたのはマトハズレイだった。

「どこ行ったのかと思ってたら……」

ウラギールがそう言うとマトハズレイがあごに手を当てて真剣なまなざしで答える。

「朝といえばジョギングだろ！　私はジーニアスな頭脳を保つために毎朝一億キロのジョ

ギングを日課にしているからな！」

それを聞いたケンジャノッチは、今さら宿にあった書き置きのことを思い出した。

ウラギールはマトハズレイの話を軽く流して「出発しよっか」と切り替えた。

ケンジャノッチは決意を胸に二人の前に立つ。

「みんな……全ての国民の幸せを願っている国王の命令に従い、国民が失踪している事件の真相を明らかにし、この事件の黒幕、魔王ユウ・シャノチーチを倒しに行くぞ！」

三人は魔王の城を目指して、歩き始めた。

▼幕間二　ある手記

すでに随分と過去の話になったが、しかしあのときのことは今でも鮮明に思い出すことができる。私たちは世界に対する知見を深めるため、時折人間を襲うモンスターを倒しながら世界中を旅していた。

盗賊に襲われたり、詐欺師に騙されかけたこともあったが、旅の大半は穏やかなものだった。故郷の街では、私たちは最強の魔道士だと褒めたたえられてはいたものの、この広い世界には自分より強い者だってたくさんいるはずだと思っていた。

しかし、私たちより強い者に出会う機会にはついぞ恵まれなかった。

旅を続けていたある日、目の前に破壊し尽くされた国が見えた。

建物は倒壊し、死体がいくつも転がっていた。近くで見つけた生き残りの男からは「ここは危ないから引き返した方がいい」などと言われた。

彼によれば、この国に巨大な怪物デケーヤツが現れ破壊の限りを尽くしているらしい。

国王や大臣、そして多くの兵士もすでにデケーヤツに殺されたという。

この街を捨て旅立った者もいれば、行くアテもなく街に留まっている者もいるらしい。

私はこのとき、この巨大な怪物を倒すのは私たちの使命であると感じた。私たちがこの怪物を倒せないならば、他の誰であってもこの怪物を倒すことなどできないからだ。

私たちは人々の声を聴き、デケーヤツの行動パターンなどを分析した。

デケーヤツの力はすさまじく、戦いは生半可なものではなかった。私たちの仲間も一人犠牲になったが、それでも私たちは最終的にデケーヤツを討伐することに成功した。

人々は私たちに感謝をし、私たちにこの国を治めてくれないかと懇願してきた。

私たちはそれを引き受け、私は国王となり、苦楽を共にした旅の仲間と結婚し、彼女は王妃となった。私たちは国の復興に全力を注いだ。

復興に貢献する国民たちはいつだって希望に溢れていた。

自分たちが新しい国を創るのだ。いつかまた笑顔溢れる国にするんだ。

そしてそれは、彼らの努力によって達成されるだろうとわかる、そういう希望だった。

やがて希望は現実となり、この地に新しい国が生まれた。

新しく生まれた子供たちが広場を楽しそうに走り回るようになり、巨大な怪物も復興の苦労も、大人たちが語るだけの昔話になった。

街はかつての姿を取り戻し、みなが笑顔で暮らせる素晴らしい国となった。

私は、人々をデケーヤツの脅威から救い出し、希望溢れる国を創り上げたのだ。

怪物はいなくなったのだから、二度とこの国に絶望が訪れることはないだろう。

私は心からそう思っていた。しかし、そんな簡単な話ではなかった。

デケーヤツがいなくとも、絶望する者はいた。

恋愛がうまくいかなかっただの、自分の作品が誰からも評価されないだの、仕事をクビになっただの、私から言わせればデケーヤツが与えるものとは比較にもならない、ちっぽ

け な絶望ばかりだった。

揚げ句、王となった私への不満を漏らしている者がいるという噂も耳にした。

実は巨大な魔物を倒したなんて嘘なんじゃないかとか、裏で自分の気に入らない国民を捕まえて拷問しているんじゃないかとか、あらぬ疑いをかけられていた。

そんなことを信じる者などごく少数ではあるだろうが、正直、私は困惑した。

デケーヤツからこの地を救った私に対し、まったく不敬極まりない虚言である。私は家臣に、私に関する虚言を触れ回っている疑いのある者をリストアップするよう命じた。

ワキヤック、ムラビトイーチ、モブージャ……様々な名前が並んでいた。私は変装し、実際に何人かの様子を見てみることにした。

最初に様子を見に行ったのは、モブージャという、これといった特徴のない一般市民だった。モブージャは老人との会話の中で「今平和に過ごせているのは国王クロマーク様のおかげですよ」と話していた。感激した私は不覚にも涙を流しそうになった。

私はモブージャをリストから外した。

次に様子を見に行った相手は、非常に恐ろしい魔道士だった。

周りの人々は気づいていないのかもしれないが、私にはわかった。

この魔道士には、私ほどではないが、強大な魔力が備わっていた。私がもっと年を取り衰えてくれれば、いずれ彼に超えられるかもしれない。

私は彼を要注意人物に指定した。

彼は街の人々にそれなりに人気があるらしく、このまま放置すれば、私にとって大きな脅威となり、最悪、国を破滅させる恐れさえあった。

そこで私は家臣に命じ、彼が裏では思想を共にする仲間たちと徒党を組み、私に反逆する準備を進めているのだという噂を流し、その人気を削ぐことにした。

これにより彼は街で恐れられるようになり、仲間たちも人気を失った彼から遠ざかっていった。やがて彼は街を去った。家族にはいい加減な言い訳をして別れを告げたようだ。

彼は今、半分廃墟《はいきょ》となって人の寄り付かなくなった城に住み着いているようだった。

私にとってはしかし、これだけでは十分ではなかった。

多くの国民が私を支持している一方で、不満分子はくすぶっているようだった。

これではいけない。王である私への支持は絶対に揺らいではならない。

だから、私には敵が必要だった。

あのときのデケーヤツと同じように、私が救国の英雄となるための敵が。

ここで私は天才的なひらめきをした。あの魔導士を大きな事件の犯人に仕立て上げ、私が選んだ勇者たちが彼を倒したとなれば、全ての国民が私への忠誠を新たにするだろう。

これを実現するために、周到な計画を立てる必要がある。

ヤツを討伐させるメンバーを今のうちから考えておく必要があるだろう。


素晴らしい国の条件とは何か？

それは全ての国民が愛と希望を持って生きていることである。
絶望した人間や不満を持つ人間はこの国には必要ない。
新しい世界秩序の幕開け。
作戦の実行の時期は決まった。あの勇者が成人になったときだ。

▼第三章　ネタバレが激しすぎる決戦

「そろそろ休憩しない？」

岩や木々が点在する草原で、ウラギールがそう提案した。

まだ魔王の城は遠く、時間帯もそろそろ昼飯どきだったので、ケンジャノッチとマトハズレイは休憩をとることに同意した。

近くにあった丸太にケンジャノッチが座ると、ウラギールはその隣に腰を下ろした。

マトハズレイは向かい側の地面にどっかりと座った。

ケンジャノッチがジャムを塗ったパンを食べていると、ウラギールが「ついてるよ」と言って彼の口元についていたジャムを指でぬぐい、そのまま自分の口元に運んだ。

「ふんっ！　ふんっ！」

早々に食事を終えたマトハズレイは、二人が食べ終わるまでスクワットをし始める。

「はぁっ！　せやっ！」

膝を曲げるたびにいちいち気合の入った声を出すので、正直かなりうるさかった。

「なあ、ウラギール」

もうすぐ食べ終わるという頃になって、ケンジャノッチがウラギールに語りかけた。

「ん？」

「どうしても気になってることがあるんだ」

食事どきにしては、彼の顔つきはかなり真剣みを帯びていた。

「何？」

「僕はできるだけ仲間のことを信用したいし、疑うなんてことはしたくないんだ……でもどうしても気になることがあるから、はっきりさせておきたいんだ」

ケンジャノッチのやけに真剣な顔。真面目な声。

ウラギールは軽く呼吸が乱れ目をそらしたが、なるべく平静でいようとした。

「いいよ、言って」

数度の深呼吸ののち促すウラギールに、ケンジャノッチも意を決して問う。

「マトハズレイって、本当に頭脳明晰なのかな……」

「それは……」

真剣な質問である以上、ウラギールも嘘偽りなく答えようとした。

「ふんっ！　せやあっ！」

だが、マトハズレイのスクワットの声がどうしても耳に障った。

「マトハズレイ、黙って」

「…………っ。…………っ」

ウラギールがそう言うと、マトハズレイは素直に黙ってスクワットを続行した。

「ケンジャノッチ、いまさらだよ」

ウラギールは彼女を眺めながら答え、ケンジャノッチも「そうだね」と納得した。

昼食も終わり、三人はまた魔王城を目指して歩き出した。

突然、先頭を進んでいたウラギールが立ち止まった。

それに気づいた二人も足を止める。ウラギールは前方を指さした。

「見えてきたよ。魔王の城が」

はるか遠くに古びた城がそびえたっていた。

その辺り一帯だけ黒い雲が立ち込めて、時折稲光が瞬いている。

魔王城は国王の城に比べれば小さめではあるが、それでも十分に立派で迫力があった。

ウラギールはしばし魔王城を眺めて、何かを決意したように二人へ振り向いた。

「なんで人々が失踪しているのか。事件の黒幕の魔王に洗いざらい吐いてもらいましょ！」

「ああ！」

ケンジャノッチは気合の入った声で、威勢よく返事をした。


数時間後、いよいよ、魔王城が目前に迫りつつあった。

そのタイミングで、ケンジャノッチはウラギールから向けられる視線に気づいた。

「どうしたの、ウラギール。僕の顔に何かついてるかな?」

「え?」

ウラギールは意外そうな顔をして驚き、ケンジャノッチの首元を指さした。

「えっと、ケンジャノッチってペンダントをしてるんだなって思って……」

ウラギールの言う通り、彼の首の辺りに、細い銀色のチェーンが覗いていた。

ケンジャノッチが気づいたように「ああ、これか」とつぶやき、チェーンを指でつまんだ。

「このペンダントは、父さんが家に残していったものなんだ」

「つまり、形見ってやつだな!」

マトハズレイが会話に入ってくる。

「そっか、なんかごめんね……」

ウラギールが少し申し訳なさそうに謝った。

「いや、死んだと決まったわけじゃないんだ。父さんは僕が小さい頃に『俺は強くなって帰ってくる』とか言って、僕と母さんを置いていなくなったんだ」

そう言うとケンジャノッチは自身の胸元に手を置き、何かを偲《しの》ぶように目を細める。

「父さんの顔だって、僕はもう覚えてない。今頃どこで何をしているのか……強くなりすぎて魔王にでもなってたりしてな」

「ケンジャノッチ、魔王ユウ・シャノチーチがお前の父親のわけがないだろう」

マトハズレイが冷静にツッコミを入れた。ケンジャノッチも苦笑してうなずく。

「冗談だよ」

　彼は昔を懐かしむように、穏やかに笑っていた。

「このペンダントはもともと二つあったらしいんだ。もしかしたら父さんも、僕が持っているこれと同じものを持っているかもしれない」

「ケンジャノッチは、もしお父さんと会えたら、どうしたい？」

「そうだな……」

　ウラギールの質問にケンジャノッチはしばし思案する。

「本当はぶん殴ってやりたいところだけど……でも、もし会ったら、抱きしめてしまうかもしれない」

「やっぱり会いたいんだね」

「まあ……二度と会うことはないと思ってるけどね」

　ウラギールの言葉にケンジャノッチはそれだけ答え、自分の気持ちは言明しなかった。

「自分の父親だと気づかずに自分の手で命を奪うなんてことが起こらないといいけどね」

　いかにも意味深なことを、ウラギールが言い出す。ケンジャノッチは軽くうつむいた。

「もしそんなことをしてしまったら、僕は生きていけないかもしれない」

　彼は体を小さく震わせていた。そんなこと、想像するだけでも胸が苦しくなる。

「万が一、僕が父さんの命を奪ってしまったなら、いっそそのことに気づかないまま死んでいった方がマシだな」

　ケンジャノッチがポツリと吐露した心情に、ウラギールたちは何も返せなくなる。

「ごめん、感傷にひたっちゃって……」

「ううん。こっちこそ、変なこと言っちゃってごめんね」

お互いに謝り合ったことで、ケンジャノッチとウラギールの間にわだかまりが生まれることはなかった。改めて、ケンジャノッチが進撃の号令を出そうとする。

「よし、行くぞ！」

「待ってください！」

だが突然、後ろから制止がかかった。

三人が振り返ると、ジンロー村へと続く森で襲撃してきた青年ユ・ウジンナシがいた。

「む、お前は確か友達が一〇〇人いるとか言っていたやつだな！」

マトハズレイが警戒も露わに剣に手をかける。

「また私たちと戦いに来たの？」

ウラギールもすぐさま杖を構えて、魔力の集中を始めようとした。

「まったくいい度胸だ！　私の計算によればお前が勝てる確率はたった四八パーセントしかないぞ！」

「ほぼ互角ってこと……⁉」

マトハズレイがはじき出した勝率に、ウラギールは声が裏返るほど驚いた。

「違うんです！」

「敵の話など聞くに値しない！」

ユ・ウジンナシは大慌てで否定したが、マトハズレイはまるで聞く耳を持たなかった。

「さぁ、頭脳派の私と拳で語り合おう！」

頭脳派なのに口では語らないのか、とケンジャノッチは思った。

「あの、本当にありがとうございました！」

ユ・ウジンナシはいきなり三人に頭を下げた。

「む……頭を下げて油断させる作戦か！　なかなか知的じゃないか！　だが私たちの頭脳はお前より遥かに上だ！　そんな作戦には騙されないぞ！」

「マトハズレイ黙って」

「……………」

ウラギールが注意すると、マトハズレイは素直に黙った。

「あの、聞きました。人狼を倒してくれたって。俺の母さんの仇をとってくれたって。なんとお礼を言っていいやら……」

ユ・ウジンナシは涙ぐんで何度も頭を下げた。それは、彼の本心のように思えた。

「ううん、いいの」

ウラギールはゆっくり首を横に振って、彼の次の言葉を待った。

「どうやら人狼のやつ、一番最初に俺のおじいちゃんを襲っておじいちゃんに化けていたみたいなんです。まったく気づきませんでした……。優しいおじいちゃんが、いつの間にか人狼になりかわっていたなんて」

ユ・ウジンナシはずいぶんと落ち込んでいるようだった。

彼が言う「おじいちゃん」は、ジンロー村の村長のことで間違いないだろう。

「あの人狼が優しかったのって、生前の村長と同じようにふるまってたからなのかもね」

ウラギールの推測は十分に可能性があるもので、ケンジャノッチも深くうなずいた。

「きみのおじいちゃんは素敵な人だったんだね」

ユ・ウジンナシは肩を震わせながら、浮かんだ涙を必死にぬぐって顔を上げた。

「あの、これから魔王を倒しに行くんですよね。俺も連れてってください！」

いきなりの申し出に、ケンジャノッチとウラギールは揃《そろ》って驚きに目を見開いた。

「私たちはこれからとても危険なところに行くの」

「わかってます！　でも一生懸命頑張ります！」

ウラギールがやんわり諭そうとするが、ユ・ウジンナシの決意は固そうだった。

「俺、おじいちゃんもお母さんもいなくなって、お父さんも子供の頃どこか行っちゃって。ひとりぼっちなんです」

「でも、きみは友達が一〇〇人いるじゃないか」

孤独を訴えるユ・ウジンナシを、ケンジャノッチがなんとかフォローしようとする。

「う、そうですけど……」

すると、なぜかユ・ウジンナシは気まずそうに目をそらした。しかし、彼は強く拳を握って、ケンジャノッチに向かって自分の考えを熱く語り始めた。

「あの人狼って魔王の手下なんですよね？　俺は復讐したいんです。お願いします！　一生懸命頑張りますから！」

「う～ん……」

ケンジャノッチとウラギールは一緒になって考え込んだ。

彼の気持ちがわからないわけではない。しかし、わざわざ危険な場所に同行させるのも……と思い悩んでいたところで、マトハズレイが威勢よく声を発する。

「気に入った！　お前の心意気、私は気に入ったぞ！」

さすがに心配になったようで、ウラギールはマトハズレイに確認をする。

「ちょっと、大丈夫？」

「まあ大丈夫だろ！　私は剣士のマトハズレイだ！　的を射た分析で定評があるぞ！」

さっそく自己紹介するマトハズレイを見て、ウラギールとケンジャノッチもそれに続いた。

「僕は勇者のケンジャノッチだ」

「私は魔道士のウラギール」

無理やりではあるが、序盤で三人になった勇者パーティはこれで再び四人となった。

それからしばらくして、ケンジャノッチたちはついに魔王城に到着した。

黒で染め上げられた魔王の城は、見るからに重苦しい雰囲気を放っている。

四人が緊張しながら城の敷地へ足を踏み入れると、意外にも城門は開け放たれたままになっていた。警備兵もおらず、ケンジャノッチたちは城門を過ぎて中へと入っていった。

城内では、半分透き通った紫色をした不定形のモンスターが、そこらじゅうで鳴き声を上げながらせわしなく物を運んだり、ケンカしたり、眠ったりしていた。

「く……すごい量のモンスターだな……」

「こいつらに気づかれず進みたいところだけど……」

ケンジャノッチとウラギールは魔王のいる場所まで戦力を温存したいと考えていたが、

そこでユ・ウジンナシがいきなり先走り、モンスターに矢を射ってしまった。

「な、何してるんだ！」

ケンジャノッチは驚くと、なぜかユ・ウジンナシも驚きの顔で彼を見た。

「え、すみません！　少しでもみなさんの役に立ちたくて……！」

ユ・ウジンナシはそう弁明した。今の彼は、やる気が空回っているようだった。

当然、その一矢によってモンスターたちはケンジャノッチ一行の存在に気づき、弓を持っていたユ・ウジンナシに一斉に突撃してきた。

「ひ、ひぃ！」

ユ・ウジンナシが恐怖に駆られて立ちすくんでいると、マトハズレイが割って入り、剣を振るって不定形のモンスターの群れを蹴散らした。

「ふん、これだから凡人は。もっと私のように頭を使うんだな」

マトハズレイは凜々しい顔で笑って、剣を鞘に納めた。

「マトハズレイのアネキ……！」

ユ・ウジンナシはマトハズレイに尊敬のまなざしを向ける。

ウラギールとケンジャノッチも武器を構える。魔王城での最初の戦闘が始まった。


ケンジャノッチたちがモンスターを薙ぎ払うと、群れの残りは一目散に逃げていった。

「ふん、まったく手ごたえがないな！」

マトハズレイは勝ち誇るが、魔王との接見を前に余計な体力は使いたくない、というのがケンジャノッチの考えではあった。

幸い、最初の戦闘以降はモンスターと遭遇することはなく、勇者パーティ一行は魔王城の奥へと進んでいくことができた。

城内を歩き回っていると、全身甲冑《かっちゅう》を着ている騎士を発見した。

騎士のすぐ後ろには大きめの扉があり、そこからはまがまがしい空気が感じられた。

ケンジャノッチたちは物陰に隠れて、どうするかを相談した。

「誰かいるみたいだ、どうする？」

ケンジャノッチが押し殺した声できくと、ウラギールが平然と答える。

「大丈夫。このまま行きましょ」

みんなが見ている前で、ウラギールは一人で物陰を出て騎士の方に歩いていった。

「え？」

一瞬呆気にとられるケンジャノッチだが、すぐに我に返って彼女についていった。

鎧の騎士が、ケンジャノッチたちに気づき、誰何《すいか》の声を上げる。

「勇者ケンジャノ、あ、違った、何者だ！」

騎士は明らかに何かを言い間違った気がしたが、マトハズレイは堂々と無視した。

「国王クロマークからの使いだ！」

「国王からの使い？　それを証明するものはあるか？」

「ない！」

マトハズレイはやはり堂々と答えた。それでギョッとなったケンジャノッチは「あるから！」と叫んで大慌てで前に出た。

「僕は勇者ケンジャノッチといいます。国王からの手紙を預かっています」

「勇者ケンジャノッチ？　ふん、聞いたことがないな！」

「さっき、僕の名前を言いかけてませんでしたか？」

「知らんな。ケ、ケンジャ……ほら、もう覚えていない。まあいい、手紙を確認しよう」

騎士は国王からの手紙を確認する。ケンジャノッチはウラギールに小さい声できいた。

「この人の声、どこかで聞いた気がするんだけど……」

「そうかな……？」

二人がヒソヒソ話していると、手紙を確認し終えた鎧の騎士がうなずいた。

「ふむ、まあいいだろう。魔王ユウ・シャノチーチ様はこの先におられる。命が惜しいのであれば、くれぐれも失礼のないようにすることだな」

重々しい音を立てて、扉が開かれていく。

中に進もうとしたところで、ウラギールが騎士をねぎらった。

「どうも、お疲れ様」

「はい、お疲れ様です、ウラギール様、じゃなかった、お前の名前など知らん！」

今、絶対に何かを言い間違った感じがしたので、ケンジャノッチは確かめてみた。

「あの、ウラギール。この騎士の人、知り合い？」

「まさか」

ウラギールは肩をすくめて首を横に振った。

「そ、そうか。そうだよな……」

「前にも言ったでしょ。私は何があっても絶対にケンジャノッチを裏切らないって」

ウラギールが念を押してきたので、ケンジャノッチはそれを信じた。

そして鎧の騎士の横を通りすぎるとき、彼はふと思い出した。

この人の声、国王の城で声をかけてきた兵士スパイデスにそっくりな気がする。

けど、声が似ているなんて偶然、よくあることか……。

魔王との謁見を前に、ケンジャノッチはそれ以上余計なことは考えないことにした。


ケンジャノッチたちが長い階段を上ると、広々とした空間が広がっていた。

立派な柱が左右に等間隔で並んでおり、部屋の奥には紫色の大きな玉座が見える。

そこには、ただならぬ雰囲気を漂わせている、上半身裸で筋肉質の男が座っていた。

「ようやく来たか……」

男は待ちくたびれたと言わんばかりの態度で、四人を迎えた。

「あなたが魔王ユウ・シャノチーチですね？」

ケンジャノッチがわかりきっている状態であえてユウ・シャノチーチに確認をする。

「いかにも。よく来たな。勇者ケンジジャノッチたちよ」

魔王ユウ・シャノチーチは紫の玉座に座ったまま、顔に不敵な笑みを浮かべていた。

「お前を見ると俺の息子のことを思い出す」

ケンジジャノッチを前に、ユウ・シャノチーチは目を細めて懐かしむような声で語った。

「俺の子供も今頃はちょうどお前くらいの年だろう。俺は強力な魔力を持っていたために周りから密かに迫害されていた。家族にはなんとかそのことを隠し、いい加減な理由をつけてその場を去ることにしたのだが。……子供が成長した姿を見たかったものだな」

己の過去を長々と語るユウ・シャノチーチに、ケンジジャノッチも真剣な顔で答える。

「実は、僕も小さい頃に父親が旅に出てしまいました」

「ほう……それはまったくの偶然だな。まあ、お前が俺の息子であるわけはないが」

「そうですね、あなたが僕の父であるはずはありません」

会話が途切れたタイミングで、ウラギールがユウ・シャノチーチに別の話を切り出す。

「魔王ユウ・シャノチーチ。私たちはそんな世間話をしに来たのではありません」

「これは失敬。用件をきこう」

「近頃、我が国では国民の失踪が相次ぎ、スライムが大量発生しています。この事件についてあなたが何か関わっていないかをききにきました」

ウラギールの話に、ケンジジャノッチが引き継いで続ける。

「つまり率直に言えば、この事件の黒幕はあなた、魔王ユウ・シャノチーチではないかということです」

「ほう、国民の失踪が俺のせいだと？　なぜ俺がそんなことをする必要がある？」

「誘拐した国民を人質に国王に何か要求するつもりでは？　あるいは国王の信用を失墜させ、国家を転覆させるつもりでは？　実際あなたの手下であるクソザッコが国王の城の前まで来ました。それにジン・ロウとオマ・エモカもジンロー村を襲撃していました」

「そいつらが俺の手下だという証拠があるのか？」

「あなたの名前を口にしていました」

「それはそいつが勝手に言っていただけで、動かぬ証拠とはいえないだろう？」

「それは……」

痛いところを突かれて、ケンジャノッチは言いよどんだ。

「ほかに、俺が国民を誘拐した確たる証拠はあるのか？　いや、ない。なぜなら最初からそんな事実はないからだ」

「とぼけるな！　お前のせいで母さんとおじいちゃんが……！」

ユウ・シャノチーチの余裕ぶった態度に、ユ・ウジンナシは怒りの声を発した。

「お前以外そんなことをするヤツはいない！」

「フフフ！　フハーッハハハハ！」

ユ・ウジンナシの怨嗟《えんさ》の声に、ユウ・シャノチーチは大笑いを返した。

「いいだろう。お前たちに全ての真実を伝えてやろう。いったいこの世界で何が起こっているのかをな」

ユウ・シャノチーチが玉座からゆっくりと立ち上がった。

「だがこの真実を知れば、お前たちは怒りに満ち、復讐の炎を燃やすことになるだろう」

これから魔王が何を語るか、ケンジャノッチたちは警戒しながら話を聞こうとする。

「人間には絶望という感情がある」

ユウ・シャノチーチの語り出しは、思いもよらない切り口からだった。

「深い絶望にさいなまれた人間はどうなる？　そのまま人生を終わらせるか？　もしくは犯罪をおかすか？　それとも他人をその絶望の沼にひきずりこむか？　いずれにせよ権力者にとって邪魔であることに変わりない」

ウラギールも、マトハズレイも、それぞれ真剣な顔つきで魔王の言葉に耳を傾けた。

「絶望している者など権力者にとっては存在しない方がいい。そうすれば希望溢れる国を演出できる。なぜならその国には絶望している者などいないのだから」

ケンジャノッチは平和な街の様子を思い返し、魔王の言い分には一理あると感じた。

「だが厄介なことに絶望した者は隠れて過ごしている。権力者が一目で見分けることは難しい。もっと効率的に絶望している者を排除したい。そこである強大な魔力を持つ者は考えた」

ユウ・シャノチーチは笑みを深め、次の言葉をゆっくりと言っていく。

「絶望した者の姿を変えてしまえばいい」

国民の失踪。スライムの増加。ケンジャノッチの頭に嫌な予感がよぎった。

「まさか……」

「そう、ある強大な魔力を持つ者は世界に呪いをかけたのだ。人生に絶望した者がスライムに触れたときそいつもまたスライムに姿を変えてしまう。つまり国民が失踪し、スライムが大量発生している理由は、人生に絶望した人間たちがスライムに姿を変えているということなのだ！」

ケンジャノッチたちは、見えない刃で胸を串刺しにされたかのような痛みを覚えた。

「そんな……それじゃあ、僕たちが今まで倒してきたスライムは……」

ユウ・シャノチーチは笑ったまま、ゆっくりと、深くうなずいてみせた。

「絶望した者たちの成れの果てだ」

告げられた衝撃的事実に、ケンジャノッチの頭は真っ白になり、体が大きくかしいだ。

「ケンジャノッチ！」

崩れ落ちそうになる彼を、駆け寄ったウラギールが支える。

「そして、ここからが本題だ」

魔王らしい表情をその顔に浮かべ、ユウ・シャノチーチがにわかに声を大きくする。

「この世界にそんな呪いをかけたのは誰なのか？　この事件の黒幕は誰なのか？　それほどの魔力を持つ者など世界でほんの一握り。この俺と同じくらい強大な魔力を持つ者」

顔中に大量の汗を浮かべるケンジャノッチを、ユウ・シャノチーチの視線が射貫く。

「そう、この事件の黒幕は……」

そこでたっぷりと溜めてから、ユウ・シャノチーチはトドメとなる一言を告げた。

「国王クロマークだ」

ケンジャノッチの顔から表情が失せ、瞳だけが激しく揺れた。

「嘘だ……そんなはずがない！　あの心優しき国王クロマーク様が黒幕なはずがない！」

「しかしこれが真実だ。国王は俺に罪をなすりつけ、めざわりな俺を消そうとしたのだ！」

「そんなのはただの作り話だ！」

感情的になったケンジャノッチが、大声で反論する。

「ほう？」

「お前がこの世界に呪いをかけたんだ！」

「そう信じたいだけだろう？」

ユウ・シャノチーチの顔は余裕に満ちている。とても嘘を言っているようには見えなかった。逆に、追及するケンジャノッチの方が揺らいでいた。魔王が声を大にする。

「自分の国の王が、何よりも国民の幸せを願っているはずの国王が！　そんなことをするはずがない！　そう信じたいんだろう？　だが矛盾は何ひとつない。なぜなら国王は、全ての国民が幸せになるために、絶望した人間を切り捨てているのだから！」

ユウ・シャノチーチは両手を広げ、一歩前へ出た。

「だいたい考えてもみろ。世界にそんな呪いをかけて俺になんのメリットがある？　俺は誰かが幸せだろうが不幸せだろうがどうでもいい主義なんだ。俺は愛する者と共にいられればそれで十分」

「理由なんて知らない！　とにかく呪いをかけたのはお前だ！」

悠然と語る魔王を前に、ケンジャノッチは説得力のある反論を思いつかなかった。

「まあ、いずれわかることだ。国王が消えればスライム化現象は終わる。すでにスライムになった者は元には戻らないがな」

　ニヤリと笑うユウ・シャノチーチを見て、ケンジャノッチの胸に重い痛みが走った。

「たとえ俺を倒したとしてもスライム化現象は止まらない。呪いをかけたのは国王クロマークなのだから！」

　ここで、ユウ・シャノチーチは顔から笑みを消して、声のトーンを落とした。

「なあ、勇者ケンジャノッチ。俺と手を組もうじゃないか。そしてあの邪悪な国王を倒し、この世界に平和をもたらすのだ」

「ぼ……僕は……」

　ケンジャノッチは何も考えられなくなっていた。もはや、何が正しいのかも不明瞭だ。

「俺はお前に試練を与えたのだ」

「試練？」

「実際のところ、クソザッコも、ツヨスギルンも、ジン・ロウたちも、俺が作り出したモンスターたちだ。お前は俺の用意した試練を乗り越えた」

「何が試練だ……」

　ケンジャノッチは奥歯を軋《きし》ませ、声をかすれさせて言った。

　ユウ・シャノチーチはそれを意に介す様子もなく、話を続けていく。

「国王クロマークは様々な魔法を使いこなす。例えば幻術だ。派手な幻を作り出し、敵の戦意を失わせる。実際のところ威力は皆無だ。これはクソザッコが使ったものと一緒だ」

「あの魔法が幻……？　そんなはずはない、あの魔法でスグシヌヨンが死んだ！」

「え？」

ユウ・シャノチーチは本気で意外な顔をした。

「それは……心臓が弱かったとかなんじゃないか……？」

ケンジャノッチたちは、ケンジャノッチがフリーンにキスされたときのスグシヌヨンの様子を思い出し、「ああ」と納得した。ユウ・シャノチーチが仕切り直す。

「そのほか、ツヨスギルンが使った超高速移動、オマ・エモカが使った防御魔法、国王クロマークはあらゆる魔法を使いこなすわけだ。だが見事に暗黒四天王を倒したお前たちならば国王クロマークが相手でも十分に役に立つ」

「勝手なこと言うな……」

ケンジャノッチは怒りから手を固く握り、震わせる。

「お前の送った暗黒四天王のせいで、ジンロー村ではたくさんの村人が犠牲になった」

ユウ・シャノチーチは聞き分けのない子供を諭すように、声を柔らかいものに変える。

「ケンジャノッチ、多少の犠牲はやむをえないんだ。お前が世界を救うことに比べればちっぽけな犠牲じゃないか。お前が世界を救わなければもっと多くの者が犠牲になる」

「そんなの……そんなのおかしいよ……」

ケンジャノッチは犠牲者の命をちっぽけと言ったユウ・シャノチーチが許せなかった。

「俺たちが力を合わせればあの国王だって倒すことができる！　さあケンジャノッチよ、俺と手を組もうじゃないか！」

ユウ・シャノチーチはケンジャノッチの前に手を差し出した。

だがケンジャノッチはその手を払って、ユウ・シャノチーチを力の限りにらみつけた。

ユウ・シャノチーチは一瞬驚き、すぐにその表情を険しくする。

「愚かな……」

「僕にはやっぱり、あなたの話は信じられません」

ケンジャノッチは、勇者として毅然《きぜん》とした態度でユウ・シャノチーチの誘いを拒んだ。

「ケンジャノッチよ、俺は手荒な真似はしたくないんだ。頼む、ケンジャノッチ」

ユウ・シャノチーチは再び手を差し出した。

しかしケンジャノッチは、うつむきながらも決然と首を横に振った。

「そうか、やむをえん……力で服従させるしかないようだな」

ユウ・シャノチーチは残念そうに溜め息をついて玉座に戻り、言葉を続けた。

「ケンジャノッチよ、お前にもうひとつ真実を伝えなければならない。お前はまだ気づいていないようだが……」

ケンジャノッチは、どこかから冷たい視線を感じた。

「なんだ、今のは……」

ケンジャノッチは周りの仲間たちを見た。ウラギール、マトハズレイ、ユ・ウジンナシ……このうちの誰かが自分に冷たい視線を向けた気がした。

ケンジャノッチの鼓動が急激に加速し、全身が汗にまみれ、呼吸が激しく乱れ出す。

ユウ・シャノチーチは告げた。

「お前のすぐそばに裏切り者がいる」

「な……なんだって……？」

ケンジャノッチは汗が止まらなくなる。

「お前たちをうまくサポートしここまで導いてくれた。ご苦労だったな」

ユウ・シャノチーチの言葉と共に、ケンジャノッチ側にいる誰かが歩き出す音がする。

裏切り者はケンジャノッチの横を通り、ユウ・シャノチーチのそばに立った。

「剣士マトハズレイよ」


マトハズレイはケンジャノッチたちの前に立ちはだかった。

「まさか……」

その事実が示す意味を悟って、ケンジャノッチはショックにその身を震わせた。

「まさか、マトハズレイが裏切り者だったなんて……！」

マトハズレイはいつにもまして真剣な顔つきで、ケンジャノッチへ呼びかける。

「ケンジャノッチ、魔王ユウ・シャノチーチ様が言っていることは全て正しい。わかってくれないか？」

「嘘……」

ウラギールは口元を両手で覆いながら、マトハズレイを見つめる。

こぼしたその声は、激しく震えていた。

「嘘だよ……！　マトハズレイが裏切り者なんて！　そんなの信じられないよ……！」

「わかってくれウラギール！　私たちと共に世界を救おうじゃないか！」

さっきから絶句し続けているだけだったユ・ウジンナシが、ようやく喋り出した。

「いったいどうなってるんですか……マトハズレイのアネキは裏切り者なんですか？」

「ユ・ウジンナシ！　きみも仲間になろう！　世界を救うんだ！」

ウラギールは目の前のことを受け入れられないという風に、大きな声を上げる。

「マトハズレイ！　目を覚ましてよ！」

「目なんて最初から覚めている！　さあ！　私たちと世界を救おう！」

ウラギールはマトハズレイを厳しくにらみつけていたが、杖を構えられなかった。

ケンジャノッチもマトハズレイを直視しながら、一歩も動けていない。

ユ・ウジンナシはそんな二人とマトハズレイを交互に見て、ただただ戸惑っている。

みな、混乱と動揺に見舞われて、何もできなくなっていた。

「どうやらわかってもらえないみたいだな」

やがて、そう結論づけたマトハズレイが静かに剣を抜き放ち、構えた。

「いいだろう。暗黒四天王のトップに君臨するこの暗黒剣士マトハズレイが力ずくでわからせてやろう」

魔王ユウ・シャノチーチは高みの見物を決め込んで優雅に座っていた。

「待て、マトハズレイ。僕たちはキミとは戦いたくない」

「問答無用だ。今すぐユウ・シャノチーチ様と手を組まないのであれば叩きのめす」

ケンジャノッチが制止をかけるも、マトハズレイはそれを一蹴した。

そして彼女は瞳を金色に輝かせ、全身に金色のオーラをまとう。周囲には宇宙が広がり、手にした剣は激しい雷光を帯びた。

「私の頭脳明晰なバトルをその目に焼きつけるんだな！」

マトハズレイはそう叫び、未だ躊躇するばかりのケンジャノッチたちに剣を向ける。

こうなった以上、もはや、戦いは避けられない状況だ。

「くっ……！」

ウラギールが迷いながらも牽制のための氷のつぶてを撃ち放った。

「ふん、こんなものか？」

マトハズレイは氷のつぶてを片腕で軽くガードし、短く感想を述べた。

「せいっ！」

ユ・ウジンナシが急所を外してマトハズレイに矢を射る。

「読めてるぞ」

マトハズレイはその矢を右手で無造作につかんでベキリとへし折った。

「うおおぉ！」

ケンジャノッチが気合の声と共に斬りかかるが、声に比べて明らかに動きがにぶい。

「遅いぞ」

マトハズレイは危なげなくケンジャノッチの攻撃をよけた。

ケンジャノッチも、ウラギールも、ユ・ウジンナシも、仲間だったマトハズレイを前にしてどうしても本気を出すことができずにいた。

「ウラギール、氷魔法の奥義を！」

「………」

苦渋に満ちたケンジャノッチの声に、ウラギールは何も答えられなかった。

そうこうしているうちに、マトハズレイがコクコクとうなずいた。

「なるほど、分析完了だ」

つぶやくと共に、マトハズレイはいきなり剣を放り捨ててケンジャノッチを思いっきりぶん殴る。ケンジャノッチは回転しながら地面をバウンドし、壁に激突した。

「小難しいことは抜きにして筋力で破壊する！　これが超頭脳派の戦闘スタイルだ！」

「おいおいマトハズレイ、殺しはするなよ」

魔王ユウ・シャノチーチが遠くからケンジャノッチを心配し、声をかけた。

「ケンジャノッチ！」

ウラギールはケンジャノッチに駆け寄る。

「ケンジャノッチ、今、回復の魔法をかけるから」

ウラギールが魔力を集中すると、ケンジャノッチの体が優しい緑色の光に包まれる。

痛みの大部分が消えて、立ち上がったケンジャノッチは口の中の血を吐き捨てた。

「ありがとう、だいぶマシになった」

「だけど……」

「さあ、降参してユウ・シャノチーチ様と手を組め。そうするまで一人ずつ殴る」

マトハズレイにそうすごまれて、ユ・ウジンナシはガクガクと震えた。

「こうなったら、やるしかない」

ウラギールとケンジャノッチはマトハズレイを見据えて、それぞれ武器を構えた。二人はマトハズレイと戦うための覚悟を決めた。

ウラギールがその目を青く輝かせ、強力な魔法のための魔力集中を行おうとする。

「させるか！」

それを察知したマトハズレイが、ウラギールへと駆け出そうとした。

だが、ケンジャノッチがそこに割って入り、マトハズレイに剣を振り下ろした。

マトハズレイはケンジャノッチの振った剣をギリギリでよけて、彼の横を通ってウラギールに迫ろうとする。

ウラギールは魔力の集中をキャンセルし、急いで氷の壁を作り出した。

「この壁を打ち砕ける威力は計算済みだ。ふんっ！」

「きゃああ！」

マトハズレイの拳は氷の壁をやすやすと粉砕し、ウラギールも一緒に吹き飛ばした。

その瞬間、マトハズレイの背中目がけて矢が飛んでくる。マトハズレイは振り向きざまにその矢をつかみ、ユ・ウジンナシをチラリと見るとその矢を片手でへし折った。

「ひいぃぃ……！」

ユ・ウジンナシはほとばしる恐怖に全身を冷たくした。

折れた矢をつかんだまま、マトハズレイが一歩、また一歩とユ・ウジンナシに近づく。

「こうなったらイチかバチかだ……」

破れかぶれになったユ・ウジンナシは、突然窓の方を指さして声を張り上げた。

「あ、ユーフォー！」

「なに！」

マトハズレイは弾かれたような勢いで窓の方を振り向いた。

観戦を楽しんでいた魔王ユウ・シャノチーチは、マトハズレイの反応を目の当たりにして何か信じがたいものを見るようなまなざしを向ける。

ユ・ウジンナシがここぞとばかりに二度目の矢を放つが、マトハズレイはそれを軽々とかわして、至極真剣な顔つきで彼に詰め寄った。

「おい、どこだ？」

「え？」

「ユーフォーはどの辺りに見えた？」

「あ、あ、ええと……」

困惑するユ・ウジンナシの後ろから、ケンジャノッチが大声で呼びかけた。

「マトハズレイ！　ちょうどここに立ってそこの窓を見てみろ！」

「なに？」

マトハズレイは言われた場所に立ち、やや遠くから窓を見た。

「ユーフォーはどこにいる？」

「窓が曇ってて見えづらいから僕が窓を開けよう。そこから見える位置にいるんだ」

ケンジャノッチはマトハズレイのもとを離れ、窓がある方へ歩いていく。

マトハズレイが彼のことを期待が混じった目で追っているところに、突如として巨大な氷の塊が落下してきて、彼女の脳天を直撃。

氷の塊はパカッと二つに割れて、マトハズレイは倒れた。

近くにいたウラギールが、魔法を放ったあとの構えをしていた。

「やったか！」

ケンジャノッチがそう言うと、マトハズレイは平然と立ち上がり、彼へと歩き出した。

「うひぃ！」

ケンジャノッチが短い悲鳴を上げるも、マトハズレイは「むぎゅう」と一声鳴いて再び床にぶっ倒れた。

ケンジャノッチは警戒しながらマトハズレイの体をゆすったが、目覚める気配はなかった。

玉座に座る魔王ユウ・シャノチーチが、高らかに笑い出す。

「マトハズレイを倒すとはなかなかやるな」

ユウ・シャノチーチの目が紫の光を放ち、鍛え抜かれたその体からは死を連想させるような濃い紫色のオーラが溢れ出した。

「やむをえん。俺の魔力でお前たちを屈服させるしかないようだな」

「紫色の闇のオーラ、闇魔法……！」

ウラギールはこわばった表情でつぶやいた。

闇魔法は魔力の消費が激しいかわりに非常に威力が高い魔法だ。

「やはり、闇魔法……」

魔王ユウ・シャノチーチは闇魔法を使う。

事前にわかっていた話だが、実際に闇のオーラを目にしてケンジャノッチも戦慄した。

「自分の愚かさを恥じるがいい」

ユウ・シャノチーチがそう言うと、紫色のオーラがほとばしり、一個の生命体のような不気味なうごめきを見せて、ケンジャノッチに直撃した。

「うわあああああああぁぁ！」

痛みだけにとどまらない、強烈な苦痛がケンジャノッチの全身を駆け巡った。

やがてオーラは消え去り、ケンジャノッチは立っていることができなくなり片膝を突いた。

な……なんて威力だ……！

「ケンジャノッチ！」

ウラギールがケンジャノッチに回復魔法をかけ、ダメージを消してくれた。

ふらつきながらも立ち上がったケンジャノッチに、ユウ・シャノチーチが警告を放つ。

「降参するまで貴様らは永久の苦しみを味わうことになる。安心しろ、殺しはしない。俺が加減を間違えなければな。さあ、どこまで耐えられるかな？」

ユウ・シャノチーチは先ほどより遥かに強大な紫のオーラで全身を包んだ。

「見せてやろう。超魔道ギリシナヌを」

「超魔道ギリシナヌ……！」

ケンジャノッチは激しい畏怖と共にその名前を繰り返した。

超魔道とは、強大な魔力をもつ魔道士のみが使えるとされる、奥義を超えた大魔法だ。

青天井に高まり続ける魔王のオーラを前にして、ケンジャノッチは足腰が立たなくなり情けなくもその場にへたりこんでしまった。

「ケンジャノッチさん！」

ユ・ウジンナシが呼びかけるがケンジャノッチは反応することができない。

「無理だ……今の一撃ですら立っていられないくらいのダメージを負ったのに……」

死を意識してしまったケンジャノッチは、その恐怖から戦意をくじかれかけていた。

「死なないことを祈るんだな。さあ刮目《かつもく》しろ。超魔道ギリシナヌ！」

ユウ・シャノチーチが解き放った強烈な闇の魔力が、巨大なドラゴンの姿をかたどってケンジャノッチたちへと襲いかかろうとする。

「なんとか持ちこたえてみせる！」

だが、ウラギールが魔力を解き放ち、巨大な氷の壁を出現させた。

「ウラギール！」

驚くケンジャノッチの眼前で、巨大な紫のドラゴンが氷の壁に激突した。辺りには轟音《ごうおん》が響き渡り、玉座の間自体が揺れているかのようだった。

超魔道の威力を受け止めきれず、氷の壁がミシミシと軋んでヒビが入っていく。

「はああぁ！」

ウラギールは壁に魔力を送って、ヒビを修復しようした。

彼女に守られながら、ケンジャノッチはふらついているだけの己に自問する。

「僕はいったい何をやっているんだ……このままじゃ……」

軋む音が大きさを増し、氷の壁にビシリと巨大な亀裂が入った。

「ぐぅぅ！」

限界に達しつつあるウラギールが、苦悶《くもん》の声を漏らした。

「ウラギール！」

その声を聞いたケンジャノッチは、恐怖も忘れてウラギールに手を伸ばそうとする。

その瞬間、氷の壁は崩壊し、圧し勝った闇のドラゴンがケンジャノッチたち三人を呑み込んで広間の真ん中で大爆発を引き起こした。

爆発がやんだのち、三人は床に倒れ伏していた。

三人とも、もはや虫の息ではあったが、ギリギリ死んではいなかった。

かすかに意識を保っていたケンジャノッチは、次元が違う魔王の強さを痛感していた。

強すぎる……今までの敵とはわけが違う……。

「幸運にも全員ギリギリ死ななかったようだな」

ユウ・シャノチーチは、動けなくなっている勇者たちを感心しながら順番に見て回り、ユ・ウジンナシの前まで来ると、弓を拾い上げてへし折った。

「どうだ、ケンジャノッチ？　俺と手を組む気にはなったか？」

玉座に戻ったユウ・シャノチーチは、改めて尋ねてくる。

ケンジャノッチが見ると、玉座はかすかに紫色の光をともしているようだった。

「お前らでは俺を倒すことはできん。まともに立ち上がることすらできないじゃないか」

圧倒的優位から余裕を見せつけてくる魔王に、ウラギールが抗《あらが》うために立とうとする。

「私は、まだ負けてない……」

「ほう、まだそんなことを言える体力があるとはな」

ユウ・シャノチーチは自分を厳しくにらもうとするウラギールに、軽い驚きを見せた。

ウラギール、こんな絶望的な状況でも立てるなんて、キミは強いよ……。

ケンジャノッチもまた、彼女の踏ん張る姿に感化されて、指先をピクリと動かした。

僕だって……僕だってまだ……！

「うおおお……！」

全身に力を込めて立ち上がり、彼はウラギールの腕をつかんだ。

ケンジャノッチの全身から血のように赤いオーラが放たれ、瞳にも同じ色の光が宿る。

「僕は、攻撃魔法は大して使えないけど、サポート魔法なら使える」

握った腕を介して、脈動する赤い光がウラギールに注がれていった。

「魔力回復魔法マリョックワーケル」

青ざめきっていたウラギールの顔に赤みが差していく。

「魔力が、みなぎってくる……」

「ウラギール、回復魔法を」

ウラギールはケンジャノッチにうなずいて、三人の体力を回復した。

気を失っていたユ・ウジンナシも、彼女の回復魔法によって目を覚ますことができた。

ユウ・シャノチーチは軽い拍手を送ってきた。

「素晴らしい。いいじゃないか。見事に瀕死の状況を乗り切った」

そう言うと、ユウ・シャノチーチは玉座に座ったまま不敵な笑みを浮かべた。

「で？」

ユウ・シャノチーチは右手をかざしてケンジャノッチたちを見下ろす。

「立ったところで、お前たちはまた俺の超魔道の餌食になるだけだ。お前たちが諦めない限り、死ぬほどの苦痛を永久に味わい続けることになるぞ」

永久の苦痛。その言葉に一瞬ケンジャノッチはひるんだが、ウラギールは言葉を返す。

「私たちは何があっても諦めない」

隣で聞いていたケンジャノッチの頭に今までのいくつものピンチがよみがえってくる。

そうだ、クソザッコのときだって、ツヨスギルンのときだって、オマ・エモカとの戦いだって、僕たちは諦めなかったことで最後に勝利をつかむことができた。

どんな強大な敵にだって弱点の一つや二つはあるはずだ……！

「まあ、無駄な努力をすることだ」

ユウ・シャノチーチは鼻で笑って立ち上がり、悠然と手を広げた。

「さあ、今の俺は隙だらけだ。どうする？」

余裕綽々《しゃくしゃく》で挑発してくるユウ・シャノチーチの前で、ウラギールは魔力を高め、ケンジャノッチは剣を構え、ユ・ウジンナシは短剣を取り出した。

「全てを貫け。氷魔法奥義ダンガンミ・タイナコーリ！」

ウラギールが放った氷の弾丸が、嵐となってユウ・シャノチーチに殺到する。

だが、氷魔法の奥義はユウ・シャノチーチがまとうオーラに全て弾かれてしまった。

魔法が効かない……？　なら……！

次いでケンジャノッチが、ユウ・シャノチーチの懐に飛び込もうとする。

ユウ・シャノチーチを包む闇のオーラが拡大されて、ケンジャノッチを包み込んだ。

先ほどと同じように、猛烈な苦痛が彼の全身を襲った。

「ぐあぁぁ……あ……あ……！」

ユウ・シャノチーチは棒立ちになったケンジャノッチの胸倉をつかむ。

「残念だったな」

彼は笑いながらケンジャノッチの腹に膝蹴りを入れ、放り投げて床に転がした。

ウラギールとユ・ウジンナシはケンジャノッチのもとに駆け寄る。

「ばかな……」

ケンジャノッチは激しく呼吸を乱し、つぶやいた。

あのオーラのせいで、魔法も物理攻撃もユウ・シャノチーチには当てられない……？

「まったく、あくびが出るな」

そう言うとユウ・シャノチーチは闇のオーラを消し再び玉座に座った。

ケンジャノッチは今までの戦いを思い出していた。

高速移動を攻略したツヨスギルン戦、防御魔法を攻略したオマ・エモカ戦……。

今までの敵には、必ずどこかにつけ入ることのできる弱点があった。

だが、ユウ・シャノチーチにはそれがない……。

ユウ・シャノチーチは傷一つない状態で、玉座に腰掛けてこちらを笑って眺めている。

無理なのか……？

僕たちはここで終わるしかないのか……？

「いや……！」

ケンジャノッチは拳をきつく握りしめた。

「ほう、まだ立てるのか」

再び立ち上がる彼の姿を見て、ユウ・シャノチーチは素直に感心した。

「僕たちは、最後まであきらめない……」

魔王ユウ・シャノチーチを倒して……この物語を終わらせる……！


立ち上がりはしたものの、ケンジャノッチはまだ活路が見出せずにいた。

魔王ユウ・シャノチーチには魔法も物理攻撃も通じない。

弱点がまるで見当たらない……！

「さて、それではまたお前たちが苦しむ顔でも楽しむとしよう」

ユウ・シャノチーチは再び全身を紫黒の闇に染め上げた。

彼が撃ち放った闇の魔力の奔流が、ユ・ウジンナシに防御の間も与えず命中した。

「うああああぁぁ！」

駆け巡る激痛に意識を失いかけ、ユ・ウジンナシがその場に倒れる。

「ユ・ウジンナシ！」

ウラギールがユ・ウジンナシに回復魔法を施そうとした。

「くくく、実にいい顔で苦しんでくれるな。俺も魔力を使った甲斐があるというものだ」

ユウ・シャノチーチは玉座に腰を下ろして笑う。そこでケンジャノッチはひらめいた。

そうか、ここだ……！

ウラギールは回復魔法を唱え、ユ・ウジンナシを癒した。

「大丈夫？」

「はい……まだやれます……！」

「ほほう、気丈じゃないか。いつまでそんなことを言っていられるか楽しみだな」

ユウ・シャノチーチはニヤリと笑う。

「それならばもう一度、超魔道ギリシナヌを受けるがいい！」

立ち上がったユウ・シャノチーチが超魔道の準備態勢に入る。

部屋全体が濃密な闇に蝕《むしば》まれ、空間が大きく軋みを上げる。

「死なないように祈るがいい。超魔道ギリシナヌ！」

ユウ・シャノチーチがかざした右手より凝縮した闇が解き放たれた。

闇は一気に膨張し、巨大なドラゴンとなって雄たけびを轟かせ、勇者たちへ飛来する。

「ここだ！」

同時に、ケンジャノッチがユウ・シャノチーチへまっすぐ走り出した。

闇魔法が放たれたこの瞬間、ユウ・シャノチーチを守るものは何もなくなる。今ならば、ケンジャノッチの剣が魔王に届くはずだ。

玉座直前まで迫ったケンジャノッチが、床を蹴ってユウ・シャノチーチに斬りかかる。

「魔王、ユウ・シャノチーチ！」

だが、その切っ先が魔王に届く直前、ケンジャノッチの背中を暗黒のドラゴンが襲う。

「ぐあああぁぁ！」

全ての細胞を針で串刺しにされたような苦痛に、ケンジャノッチは悲鳴をほとばしらせた。

「惜しかったな」

自分の足元に転がった勇者を笑って見下ろし、ユウ・シャノチーチは彼を蹴り飛ばす。

超魔道の直撃を受けたケンジャノッチは、ウラギールたちのもとへ転がっていった。

「ふん、こしゃくなマネをするからそうなるのだ」

ユウ・シャノチーチは手の甲で軽く頬をぬぐい、玉座に座る。

ウラギールはケンジャノッチに回復魔法を使った。

「ぐっ……」

だが、ケンジャノッチのダメージは深刻で、まだ起き上がることができなかった。

「くっ、もう一度」

ウラギールは回復魔法を重ねがけして、ケンジャノッチを強引に癒した。

意識を取り戻したケンジャノッチは、自分が見つけた魔王の隙を言語化しようとする。

「あの瞬間だ……ユウ・シャノチーチは闇魔法を放った直後に隙ができる……！」

ケンジャノッチの説明に、ウラギールはハッとなった。

「そっか、そのタイミングなら……」

しかし、ケンジャノッチの説明を聞いていたユウ・シャノチーチが笑い声を上げる。

「無駄だなぁ。今のでわかっただろう？　俺は闇魔法を自在に操作できる。何度試しても俺の魔法に食われるのがオチだ」

「いや、無駄じゃない。お前がまとう暗黒のオーラは攻防一体の強力な障壁ではあるけど、攻撃に使う場合は対象に向けてその全てを放出する必要がある。そうだろう？」

堂々と反論をするケンジャノッチに、ユウ・シャノチーチは興味深げに眉を上げる。

「ほう？」

「つまりだ、僕たち三人がいつでも攻撃できるように構えていれば、お前は防御に徹するしかなくなる。闇魔法で攻撃した瞬間、誰かがその隙を突くからだ」

「なるほど、それがお前の推理というわけだ。だがお前は間違っている」

ユウ・シャノチーチはケンジャノッチの推理を真っ向から笑い飛ばした。

「間違ってる？　どこが？」

「さあな」

ユウ・シャノチーチは肩をすくめた。ここに至っても、魔王の余裕は一切崩れない。

「ケンジャノッチ……」

「ケンジャノッチさん……」

ユ・ウジンナシとウラギールは不安げにケンジャノッチを見る。彼は強気を装ったまま二人に「気にするな、あれはハッタリだ！」と叫んで走り出した。

ケンジャノッチが一歩踏み出したのを合図に、ウラギールとユ・ウジンナシもそれに続いて、三人がユウ・シャノチーチを取り囲んだ。

「さあ、どうするユウ・シャノチーチ？　これでお前は魔法を発動できない」

「いいだろう。お前の推理のどこが外れているのか教えてやる」

そう言うと、ユウ・シャノチーチは黒紫のオーラをまとったまま、いきなり前にいるケンジャノッチに向かって走り出した。

「なっ？」

想定になかった魔王の行動に、ケンジャノッチは反応できなかった。

「確かにお前の言う通り闇魔法は発動時に隙ができる。だがそれは遠距離用の戦い方だ。こうして闇の力を帯びたまま攻撃すれば、お前の言う隙など消えるんだよ！」

ユウ・シャノチーチは、全身をオーラで包んだ状態でケンジャノッチを殴りつける。

「ぐ、あああぁぁぁ！」

殴られた瞬間、闇魔法が発動し、ケンジャノッチを激しく痛めつけた。

ウラギールはユウ・シャノチーチの背後から氷魔法を放つが、それも全て紫のオーラに遮られ、魔王には届かなかった。残るユ・ウジンナシも短剣というリーチの短い武器のため、そもそもユウ・シャノチーチに近づくことさえできなかった。

ユウ・シャノチーチはぐったりと脱力したケンジャノッチを無造作に放り投げると、次にウラギールに狙いを定め、そちらを振り向いた。

「それでは、お前の番だ」

そう宣言したのち、ユウ・シャノチーチは闇をまとったまま駆け出した。

ウラギールは氷の壁を作り出すも、闇を帯びたユウ・シャノチーチの拳に破壊される。

「ふん……」

ユウ・シャノチーチはウラギールの首をつかみ、片手で彼女を吊《つ》り上げた。

「あ、ぐ……！」

「どうした？　俺を倒せるんじゃなかったのか？　まったく他愛ないな。さあ、次は……」

ユウ・シャノチーチがユ・ウジンナシの方をジロリとねめつける。

ユ・ウジンナシは哀れなほどに顔を真っ青にしてガタガタと震え上がっていた。

「ふん、お前は相手するまでもないな」

ユウ・シャノチーチはウラギールをその辺に雑に投げ捨てて優雅に玉座に腰を下ろす。

玉座が、わずかに光を放っていた。

ケンジャノッチは倒れたウラギールを抱きかかえ、息を切らせながら痛感する。

強い……どこまでも強い。さすがは魔王ユウ・シャノチーチ……！

だが、ここまでの戦いで、ケンジャノッチはいくつかの引っかかりを覚えていた。

まず、自分たちが未だに生きていることが不思議だった。

特に自分は、魔法の秘儀とされる超魔道を二度も受けてもまだこうやって戦えている。

さらに、よく見ればウラギールが傷を負っていない。

いや、ウラギールだけじゃなく自分の体にも傷と呼べるものはほとんどついていない。

「どういうことだ、あれだけのダメージを受けたはずなのに……」

ウラギールの回復魔法のおかげかもしれないが、それでも無傷というのは明らかに不自然すぎる。どう考えても腑《ふ》に落ちなかった。

気にかかったのは、血の跡だ。

辺りの床を見ると、自分たちが受けたダメージに比べて、明らかに血の跡が少ない。

傷がないのは回復魔法のおかげとしても、出血量まで少ないのはおかしい。

考えているうちに、ケンジャノッチはユウ・シャノチーチの言葉を思い出した。

やつは僕たちに「永久の苦しみを味わうことになる」と言っていた。

もしかして、ユウ・シャノチーチは本当に僕たちを殺す気がないのか？

いや、それだけじゃない……！

疑問は他にもあった。

闇魔法の特徴は、威力の高さと消費魔力の激しさにある。

「なぜユウ・シャノチーチはあんなに闇魔法を連発できるんだ……？」

ケンジャノッチの目に、玉座に座り足を組むユウ・シャノチーチが見えている。

「さあどうした、もう降参か？」

依然としてユウ・シャノチーチは泰然《たいぜん》自若《じじゃく》とした様子で、そんな風に言ってくる。

「死を選ぶというのであればやむをえん。望み通り死を与えてやってもいいぞ」

ケンジャノッチは今までの戦いを思い返し、そこから一つの可能性に思い至った。

もしかして、そういうことなのか……？

　ケンジャノッチはウラギールに手を貸し、一緒に立ち上がった。

　そこに、ユ・ウジンナシもほうほうのていで駆け寄ってくる。

「ほほう、まだ立ち上がる気力があるとは。よし、少しだけ猶予をやろう。俺が超魔道ギリシナヌを放つまでにお前らが降参すれば命を助けてやる。それに間に合わなければお前たちには死が訪れるだけだ。死ぬのが嫌なら、国王を倒すのに協力するのだな」

　ユウ・シャノチーチを包む闇が、これまでになく膨れ上がる。

　そして、強烈な圧によって魔王城全体が震え出した。

　ケンジャノッチはウラギールの腕をつかみ、ためらうことなく残る魔力を注いで与えた。

「魔力回復魔法マリョックワーケル」

「え？」

　意外そうな声を上げるウラギールに、ケンジャノッチの魔力が移ってゆく。

「これ以上やったらケンジャノッチの魔力が……」

「僕の魔力は尽きてもいい。僕の魔力は全部ウラギールに託す」

「でも……」

「ふん、今さら魔力を分けたところでどうなる？　その魔力を絞り出してまた壁でも張るか？　なるほど、そうすればこの攻撃は耐えられるかもしれないな。だが、ここで耐えても、その次の超魔道ギリシナヌで死ぬだけだ」

　口をはさんできたユウ・シャノチーチが、魔力を増大させながら高笑いを響かせる。

　超魔道の名前を聞いて、ウラギールは反射的に防御のための魔力を集め出す。

「やめるんだ、ウラギール」

ケンジャノッチはウラギールを制止する。

自分が与えた分を含めても、彼女の魔力は残りわずかだからだ。

「でも、この状態で超魔道ギリシナヌをそのまま受けたら」

「大丈夫、僕たちは死なない」

「でも……」

ケンジャノッチは二人だけに聞こえる程度の小声で話し始める。

「これから作戦を話す。聞き逃さないでほしい。これで魔王ユウ・シャノチーチを倒す」

ケンジャノッチはウラギールとユ・ウジンナシの手を握り、そのまま突っ立っていた。

「おいおい、どうした？　壁を張らないのか？」

ユウ・シャノチーチは理解できないように眉を寄せた。

「ああ、撃てよ、超魔道ギリシナヌを」

体力も魔力も尽きかけて息も絶え絶えのケンジャノッチが、不遜に笑ってみせる。

「強がるな。ここで降参すれば命は助けてやる。これが最後のチャンスだぞ」

「寝言は寝て言え。勝つのは僕たちだ」

「ちっ、ヤケクソになったか……」

ユウ・シャノチーチは気に食わなさそうに苦い顔をして舌を打った。

「グダグダ言ってないで撃ってみろ、超魔道ギリシナヌを」

ケンジャノッチはさらに挑発を続けた。

「ふん、運よくお前が生き残ったとしよう。だがその次の超魔道ギリシナヌでお前たちは確実にくたばる。そして、その瞬間までお前たちは苦しみ続けることになるんだぞ」

ユウ・シャノチーチは笑っているが、頬を伝う汗をケンジャノッチは見逃さなかった。

「ユウ・シャノチーチのやつ、妙に攻撃を渋ってきますね……」

ユ・ウジンナシがこぼした疑問に、ウラギールが息を乱しながら答える。

「私たちを仲間にしたいからでしょ……」

「いや、それだけじゃない」

ケンジャノッチはかぶりを振ったのち、みたびユウ・シャノチーチへ罵声を飛ばす。

「そんなに僕たちを殺したくないのか、魔王のくせに優しいな」

魔王の怒りに反応するかのように闇の圧力が高まり、魔王城が鳴動する。

闇は今までで最も巨大なドラゴンへと変わり、超魔道は発動を待つばかりとなった。

「これが最後のチャンスだ。降参しないんだな？」

「お前こそ、ここで降参しないんだな？」

ユウ・シャノチーチからの最後通牒《つうちょう》に対して、ケンジャノッチも同じ調子で返す。

「ガキが……！」

ユウ・シャノチーチは玉座から立ち上がり、腹の底に煮える怒りを声にのせて叫んだ。

「ならば生き地獄を味わうがいい、超魔道ギリシナヌ！」

解き放たれた暗黒のドラゴンがケンジャノッチたちに襲いかかり、その場に炸裂《さくれつ》して魔王城全体を大きく揺るがした。

立ち込める土煙を前に、ユウ・シャノチーチは立ち尽くし、歪んだ笑みを浮かべる。

「これでわかったかガキども、自分たちの無力さが……！」

ユウ・シャノチーチが玉座に座ろうとすると、薄れる煙の向こうに緑の光が瞬いた。

次の瞬間、剣を振りかぶったケンジャノッチが煙の中から躍り出て、ユウ・シャノチーチに飛びかかる。

「何ィ!?」

初めて、ユウ・シャノチーチが驚きを露わにする。

彼は慌てて闇のオーラをまとうが、それは先ほどより心なしか弱々しいものに見えた。

「うおおおお！」

ケンジャノッチはユウ・シャノチーチに全力で斬りかかった。

「くそがぁ！」

ユウ・シャノチーチはケンジャノッチの剣を紙一重でよけて、その腹に拳を入れる。

「ぐふっ！」

ケンジャノッチはよろけるがすぐに体勢を整えて、また攻撃を繰り出そうとする。

「いいかげんにしろ、ガキが！」

ユウ・シャノチーチは紫のオーラをまとった拳でケンジャノッチを何度も殴りつけた。

ケンジャノッチは剣を落とし、なんと逆にユウ・シャノチーチに殴りかかった。

「ユウ・シャノチーチィ！」

「生意気なガキが、調子に乗るな！」

ユウ・シャノチーチは魔力を振り絞り、オーラを強化してケンジャノッチを迎え撃つ。

彼は、ケンジャノッチを何度も殴った。何度も何度も殴った。

「ぐぅ……！」

「おのれ、なぜだ、なぜ倒れない！」

倒れないケンジャノッチにいきり立ったユウ・シャノチーチは、右手に魔力を集める。

「ならば、これをくらって倒れないでいられるか！」

ユウ・シャノチーチがトドメの一撃を放とうとした瞬間、背中に鋭い痛みが走った。

「うぐあぁ……！」

わけもわからず振り向くと、何かを投げたらしきユ・ウジンナシがいた。

「お前のせいで母さんもじいちゃんも殺された……！　それだけじゃない！　たくさんの村の人々が犠牲になった……！　その報いを受けろ！　魔王ユウ・シャノチーチ！」

彼が投げた短剣が、ユウ・シャノチーチの背中に刺さっていた。

「バ、バカな……！」

「やっぱり思った通りだ」

痛みと驚きに目を見開くユウ・シャノチーチに、ケンジャノッチはニヤッと笑った。

「お前がわざわざユ・ウジンナシの弓を壊したのは闇のオーラで飛び道具を防げないからだ。そしてお前の超魔道も、僕やウラギールが無傷だったことで気がついた。あれは、ギリギリ死なない程度の苦痛を感じさせる魔法だ。来るとわかっていれば、耐えきれる」

「それで……それで勝ったつもりかぁ！」

ユウ・シャノチーチは自分の背中から短剣を抜き、ケンジャノッチに斬りかかる。

「させるか！」

だが一瞬早く、ユ・ウジンナシが後ろからユウ・シャノチーチを羽交い絞めにした。

「邪魔をするな、どこの馬の骨とも知らんガキが！」

ユウ・シャノチーチがユ・ウジンナシを振り切って振り回した短剣は、彼の着ている服を多少切り裂くにとどまった。

「なるほどねぇ」

聞こえた声の方をユウ・シャノチーチが向くと、玉座に座るウラギールの姿があった。

ユウ・シャノチーチの顔が、激しい怒りに染め上げられる。

「俺の玉座を返せぇ！」

ユウ・シャノチーチは短剣を持って、ウラギールに向かって走り出した。

しかし、その行く手はウラギールが作り出した氷の壁によって完全に塞がれてしまう。

「ちくしょう、邪魔をするなぁ！」

ユウ・シャノチーチは鬼のような形相で氷の壁を殴るが、表面にヒビひとつ入らない。

ケンジャノッチが語り続ける。

「さっき、一撃で壁を破壊できたのはお前が闇魔法を使っていたからだ。なぜ消耗の激しい闇魔法を乱発できたのか。その理由が玉座だ。闇魔法使用後、お前はいちいち玉座に座った。もっと早く気づくべきだった。玉座には、魔力を回復する仕掛けがあるんだ」

「うるさい、黙れぇ！」

ユウ・シャノチーチはやっとのことで氷の壁を叩き壊した。

だが、壁の向こうで待っていたのは、浮遊する無数の氷の牙だった。

「全てを貫け。氷魔法奥義ダンガンミ・タイナコーリ！」

ウラギールの声が響き、全ての氷弾が超高速でユウ・シャノチーチに押し寄せる。

「ぐあああああぁぁ！」

氷の弾丸に貫かれながらもユウ・シャノチーチは立っていた。

だが、立っているだけだった。

氷に引き裂かれて全身はズタズタで、出血多量のその身にもう戦う力は残っていない。

一方で、玉座で魔力を回復したウラギールには、まだまだ余裕があった。

彼女はケンジャノッチとユ・ウジンナシに回復魔法を施し、全ての傷を癒した。

ケンジャノッチは、満身創痍《そうい》の魔王へ、手にした剣を突きつける。

「ユウ・シャノチーチ、国王の命令によってお前を始末する」

終わりの一撃を与えるため、ケンジャノッチが高々と剣を振り上げた。


ユウ・シャノチーチは心の中で笑った。

――ケンジャノッチ。

――残念だよ……。

――お前は俺と一緒に新しい世界秩序を拝むことができるはずだったのに……。
――つくづく愚か者だ。
ユウ・シャノチーチにはこの期に及んで笑えるだけの根拠があった。
彼にはまだ、奥の手が残されているのだ。
――お前が身に着けているバクハーツのブレスレットには爆発魔石が仕込まれている。
――そして、俺にはまだわずかながら魔力が残っている。
――俺の持っている誘爆魔石に魔力を送れば、お前の爆発魔石は爆発する……！
――はじめから俺の味方になっていればよかったものを。
――あばよ……ケンジャノッチ……！
ユウ・シャノチーチは隠し持っていた誘爆魔石に魔力を送った。
だが、反応はなかった。
――ん？
ユウ・シャノチーチはさらに二度三度、魔石に魔力を送る。
しかし、そこには沈黙があるばかりだった。
――おいおい……。
――筋書きと違うじゃないか。
――まさか……騙されていたのか……？
ユウ・シャノチーチの目の前に、剣を振り下ろそうとするケンジャノッチがいた。
――俺もここまでか。

――してやられたな……。

ふと、ユウ・シャノチーチの視界に、黄色いペンダントが映りこんだ。

――まさか……。

――その黄色いペンダント。

最後に知った真実に、ユウ・シャノチーチは魔王として驚き、そして父として笑った。

――くくく……。

――お前だったとは。

――強くなったじゃないか……。

――実の息子に敗れるのであれば、このユウ・シャノチーチに悔いはない！


派手に血が噴いた。

ユウ・シャノチーチは、ケンジャノッチにその身を深々と斬られて、そのまま倒れた。

ウラギールとユ・ウジンナシも倒れたユウ・シャノチーチのもとに集まった。

「終わったんですね……」

ユ・ウジンナシは動かなくなったユウ・シャノチーチを見下ろし、そうつぶやく。

「ああ、これでスライム化現象も止まる」

ケンジャノッチは内心で大きく安堵しながら、そう返した。

だが、ユ・ウジンナシは倒れているユウ・シャノチーチの首の裏に何かを見つけた。

「これは……」

「どうしたの？」

ウラギールに尋ねられて、ユ・ウジンナシが振り向いた。

「魔王ユウ・シャノチーチの首の裏に怪しげな黒いマークが……」

「黒いマーク……？」

ケンジャノッチはどこかでそれに関する話を見たことがある気がした。

ユ・ウジンナシはかすかに声を震わせながら、知っている限りの情報を語り出す。

「こんな話を聞いたことがあります……。首の裏に怪しげな黒いマークがある者は、心を誰かに操られていると……」

「そうだ、思い出した……！」

ケンジャノッチが、ジンロー村の宿で読んだ本に同じようなことが書いてあったのだ。

「僕も似たような話を本で読んだ。それじゃあ……」

「魔王ユウ・シャノチーチを操っていたやつがいるってこと……？」

あまりに信じがたい話だからか、ウラギールはついケンジャノッチに尋ねてしまう。

ケンジャノッチは認めたくないと思いながらも、うなずくしかなかった。

「何者かが魔王ユウ・シャノチーチを操り世界に呪いをかけさせた。この事件の本当の黒幕は別にいる……」

国民の失踪も、スライムの大量発生も、まだ何も終わっていない。

やっとのことで魔王を倒して得られたものは、むなしいばかりのその事実だけだった。

そこで、気丈にもウラギールが声を上げる。

「ひとまず国王のところに戻りましょう」

▼幕間三　思い出せない思い出

私は、本当の親の顔を知らない。

小さい頃の私は積み木をしたり、絵本を読んだり、窓から空を眺めたりしていた。

玄関を開けるとそこには塀で囲われた私専用の庭があった。

お庭は広くて、いくつもの遊具が用意されていた。一日に出ていい時間は決められていたけど、私はその時間内に飽きもせず、ブランコを漕《こ》いだり、砂で山を作ったりした。

いつも近くにミハリのお兄さんがいて、私を笑わせたり泣かせたりした。

五歳になる頃だろうか、それなりに文字を読んだり言葉を話せたりするようになると、部屋ではお勉強をしたり、庭で魔法の練習をしたりするようになった。

たまに帽子を目深にかぶりながら、お兄さんと一緒に街に出かけることもあった。

街のつくりや街の人々を観察するように教えられていた。

あまり覚えていないけど、確か一度だけ街で迷子になったことがあった。

どこに向かえば家に帰れるのかわからなくなった。泣いている私に声をかけてくれた人がいて、その人がミハリのお兄さんを捜してくれた。

確か、その人の名前はモブージャといった気がする。そのほかに思い出せる街の風景といえば、道端に花が咲いているところくらいだ。フランネルフラワーだったと思う。当時はその美しさにはっとしたような気がするが、今となってはその感動を思い出すことはできない。

思い返せば、当時の私は結構わがままだったように思う。

近くにいたお兄さんはいつも困った顔をしていた。ときどき、親を名乗る人物が私の部屋に顔を出していた。その人は自分のことを親だと思うようにと命令してきたが、親ではない人物を親だと思うのは変だと思った。

その日も、その人が私の部屋に顔を出した。私はいつも通りわがままを言い、ミハリのお兄さんを困らせていた。その人は私にすっと近づき、私の頬をぶった。

私は驚きのあまり、何も口に出すことができなかった。私はその日からわがままを言わなくなり、その人のことを親扱いするようになった。


ある日、私が勉強をしていると、窓から綺麗な夕陽がさしていることに気づいた。

塀に囲われた庭に出ていい時間は過ぎていたが、私は約束を破り庭に出た。陽は庭を真っ赤に染めていた。私はブランコに座り、その赤く染まった庭をぼんやりと眺めていた。

私は今まで目立っていなかった庭の隅の端っこの方にフランネルフラワーが咲いているのを見つけた。赤く染まったフランネルフラワーは私の目にとても鮮烈に映えて、私は花かんむりを作り始めた。

花かんむり作りに夢中になりかけていると、突然、どすん、という音が聞こえた。

音がした方に目をやると、男の子が倒れていた。

おそらく塀を乗り越えてそのまま落ちてきたのだろう。

帽子をかぶらずに外の人に会うのは初めてで、なんだか緊張した。

少年はこちらを見ると、目を輝かせながら「花かんむり作ってるの？」ときいてきた。

私は、街に出たときに花かんむりを作っている人を見たときの記憶を頼りにフランネルフラワーの花かんむりを作ろうとしていたが、あまりうまくいってなかった。

男の子は私が見ている前で器用に花かんむりを作ってみせた。

そして、できた花かんむりを私の頭にのせて笑顔で「かわいいね」と言ってくれた。

私はすごく恥ずかしくなって、男の子の顔を見ることができなくなってしまった。

男の子は次にフランネルフラワーを編んで小さな指輪を作り、私の指に通してくれた。

意味がわからなかった私が「これは何？」と尋ねると、男の子は「婚約指輪」と無邪気に返してきて、それを聞かされた私の頭は真っ白になった。

今思えばただの子供の戯言《たわごと》だが、このときの私は見事に真に受けてしまった。

私が意を決して返事をしようとしたそのとき、突如現れたお兄さんが「お嬢様！」と声を上げ、あっという間に少年を塀の外へ追い出した。

私はまたあの人に殴られることを覚悟したが、お兄さんは自分の失態をとがめられるのが嫌だったらしく、「これは内緒ですよ」と黙ってくれることを約束した。

今となっては、幼い頃のことはほとんど思い出せなくなっていた。

あの日出会ったはずの少年の顔も、声も、何も覚えていない。

彼だってきっと、私と同じだろう。だから別に、私の胸は痛んだりしない。

時が経ち、その日はやってきた。

私は新しいローブと新しい帽子を身にまとっていた。お兄さんは息を呑み「お嬢様素敵です」と言ってくれた。私はこのときのために今まで生きてきた。

これより計画は実行に移される。

行ってきます。

私はもう戻ってくることのない部屋に別れを告げた。

▼第四章　ネタバレが激しすぎる真相

勇者ケンジャノッチたちは階段を下り、ゆっくりと扉を開けた。

そこに鎧の男の姿は見えず、城内のそこら中に紫色の水たまりができていた。

ここに来たときのモンスターの成れの果てだろう。おそらくあのモンスターたちは魔王によって作り出され、魔王が敗れたのと同時に息絶えてしまったのだ。

ケンジャノッチたちは紫色の水たまりを踏みながら進み、魔王の城をあとにした。

すでに日は暮れており、ケンジャノッチたちは速足でジンロー村に戻ることにした。

「あの、二人に言わなきゃいけないことがあります」

道中の森で、ユ・ウジンナシは前を歩くケンジャノッチとウラギールに声をかけた。

「言わなきゃいけないこと？」

ケンジャノッチは冷や汗を垂らした。

もしかしてまた裏切られるのか、と嫌な想像をした。

「俺、嘘をついてました」

ユ・ウジンナシは目をそらして気まずそうにそう言った。

「そうか、ユ・ウジンナシは僕たちに嘘をついていたのか」

ケンジャノッチは何かを想像することをやめた。ユ・ウジンナシがどんな嘘をついていたとしても、今の彼は自分の仲間であり、尊敬できる男だからだ。

「実は俺……友達一〇〇人いないんです……」

　裏切られた。

　ケンジャノッチが彼に抱いていた尊敬の念が、その瞬間、裏切られた。

　だが、誇張くらいは誰だってすることだ。一〇〇人でなくとも、彼にも友達はいるだろう。

「本当はひとりもいません」

　また裏切られた。

「友人なしです」

「そっか……」

　もはや、ケンジャノッチはそう言うしかなかった。二人の間に重い沈黙が訪れる。

　ウラギールが場の空気に構わず、ユ・ウジンナシに疑問をぶつける。

「なんで急に本当のことを言おうと思ったの？」

「一緒に行動するのに嘘をついたままじゃいけないかなって思って」

　その答えを聞いたウラギールは、ユ・ウジンナシをいたわるように言葉をかける。

「そっか、本当のことを言ってくれてありがとう」

「それともうひとつ……」

　ユ・ウジンナシがまだ何か言おうとしている。

　ケンジャノッチは、また嫌な想像をし始めた。次は何を裏切られるというのか。

「実は名前も偽ってました」

「名前？」

ケンジャノッチは意外そうに眉を上げた。

「はい、俺の本当の名前はユ・ウシャって言います」

「ユ・ウシャ」

ケンジャノッチは確認するように言い返した。

ウラギールが「いい名前じゃない」と返したが、冷静に考えると、ケンジャノッチには何がどういい名前なのかわからなかった。

しかし、なぜかユ・ウジンナシよりはかなりマシなように思われた。

「あれ?」

小さく声を漏らしたウラギールの視線の先には、先ほどの魔王との戦いで切り裂かれたユ・ウシャの服の隙間から覗いているペンダントがあった。

ユ・ウシャも彼女のまなざしに気づいて、ペンダントを片手につかんだ。

「あ、この黄色いペンダントですか? 幼い頃いなくなってしまったお父さんの形見なんです。もしかしたらお父さんも同じものを持っているかもしれません。今どこで何をしてるのかわかりませんが……」

ユ・ウジンナシは形見のペンダントを懐かしげに眺めた。

しかし、ウラギールはいぶかしげにペンダントを凝視して、すぐに何かに気がついた。

「その黄色いペンダント、魔王ユウ・シャノチーチも身に着けてなかった?」

ウラギールがそう言うとユ・ウシャは虚を突かれたような顔をする。

「え……?」

「確かに僕も見た気がする……」

ケンジャノッチもユウ・シャノチーチが下げていたペンダントを目撃していた。

二人の言葉が意味するところに気づいて、ユ・ウシャの顔がみるみる青ざめていく。

「ま、まさか……」

ユ・ウシャの顔が異様な量の汗にまみれる。

「ありえない……」

戸惑うユ・ウシャを前にウラギールが話を続ける。

「魔王ユウ・シャノチーチは息子が幼い頃に離れ離れになったって言ってた。そして確か、あなたの父親も……」

そう話しながらも、ウラギール自身も信じがたい様子でユ・ウシャを見つめていた。

「あ……あ……」

「まさか……」

ケンジャノッチもその身を震わせながら、青ざめるユ・ウシャのことを見る。

「魔王ユウ・シャノチーチはユ・ウシャの父……？」

彼がそれを口に出すと、ユ・ウシャは声にならない声を上げ、両手で頭を抱えた。

「嘘だ……嘘だ……！」

ユ・ウシャの頭に、先ほどのユウ・シャノチーチとの戦いがよみがえっていた。

「俺は……俺はなんてことを……！」

そのとき、突如ユ・ウシャの頭上でガサリと音が鳴った。

ウラギールが見上げると、ユ・ウシャの頭上にある木の枝にスライムがいた。

「く……こんなときにスライム？」

スライムはそのままユ・ウシャの頭上目がけて落ちてくる。

「俺は……俺はあああああ……！！」

スライムが悲嘆するユ・ウシャにぶつかった。

すると彼の体はドロドロに溶け始め、みるみるうちに青いスライムと化していった。

「え、ちょっと……！　ユ・ウシャ……？」

二匹のスライムは同時に鳴き声を発し、ケンジャノッチたちに飛びかかろうとする。

「くそ……くそおぉぉ！」

ケンジャノッチは絶望して叫んで、ウラギールの手を引いてその場から走り出した。

それから、どのくらい走っただろう。ケンジャノッチが後ろを確認すると、もうスライムたちが追ってくる気配はなかった。

「くそっ！」

ケンジャノッチは息を切らしながら叫び、近くの木を殴りつけた。

何もできなかった。

ユ・ウシャが絶望したときも、スライムになったときも、なんの力にもなれなかった。

「なんで、こんな……」

ケンジャノッチの声は、怒りと悔恨に激しく震えていた。

隣に立つウラギールも深くうつむいたまま黙っている。

「スライム化現象も止まってない……スライム化の呪いをかけたのは魔王ユウ・シャノチーチじゃない……！　それじゃあ……世界に呪いをかけたのは……！」

考えられる可能性は、もはや一つしかなかった。

「どうするの……？」

顔を上げたウラギールが、短く問いかけてくる。

「スライムになった人たちをこのままにはしておけない。元に戻す方法を探そう」

「ユウ・シャノチーチは戻らないって言ってたよ？」

「わかってる。だけど、探そう」

ケンジャノッチの決意は固かった。ウラギールは、それでも言うしかなかった。

「もしも、本当に元に戻す方法がなかったら……？」

「そのときは……」

ケンジャノッチはうつむき、それ以上、何も言わなかった。

代わりに、ウラギールが彼の言わんとしていることを代弁する。

「本人にきくしかなさそうだね」


周りがだいぶ薄暗くなってきた頃、ケンジャノッチたちはジンロー村に到着した。

そこにいた村人はケンジャノッチのところに駆けつけた。

「勇者様、人狼を倒してくださってありがとうございます」

その村人はどこかで見たことのある顔だった。

「デバンコ・レダケさん？」

「デバンコ・レダケを知ってるんですか？」

驚いて聞き返した村人は、デバンコ・コダケと名乗った。

彼の話によると、ケンジャノッチが見間違えた城下町のデバンコ・レダケは弟らしい。

「まさか弟を知ってる人に会うなんて。もう一人顔の似ている兄もいるんです。デバンコ・ナーイというんですが」

もちろん、今後一切デバンコ・ナーイの出番は来ない。

ケンジャノッチは挨拶もそこそこに、ウラギールと共に一度宿に向かった。

宿の主に許可をもらい自分たちが泊まった部屋にある棚を調べたが、以前ケンジャノッチが読んだ呪いに関する本はなかった。

「すみません、部屋にあった本を知りませんか？　呪いについて書かれた本なんですが」

ケンジャノッチの質問に宿の主は答える。

「ああ。その本ならちょうど昨日図書館に寄付したんです」

ケンジャノッチたちは足早に図書館に向かった。

ジンロー村の図書館はこぢんまりとしていたが、壁一面に棚が設置してあり、そこには無数の本が整然と並べられていた。

ケンジャノッチは灯りをともし、宿から寄付された本を見つけて読み始めた。

しかし、本にははっきりと『呪いで姿を変えられた者が元に戻る方法はない』と書いてあった。他のページを探しても、それを覆す記述は見つけられなかった。

「やっぱりダメなのか……」

ケンジャノッチは苦い顔で図書館に並ぶ他の本を見る。

「いや、絶対に元に戻す方法があるはず……」

ケンジャノッチは、図書館にある呪い関連の本を片っ端から読み始めた。

やがて閉館時間が来たが、村を救った勇者相手ということもあって、図書館の館長の計らいで閉館後もいられることになった。

ウラギールもケンジャノッチの隣で本を読むのを手伝った。

「んん……」

ウラギールは気づくとウトウトしてしまっていた。

何度も眠そうに目をこすり、必死に本の上に目を走らせていく。

「眠いなら寝た方がいいよ」

ケンジャノッチの気遣いに、ウラギールは答えた。

「大丈夫……」

そう言った直後、ウラギールはケンジャノッチの方に身を寄せ肩に頭をのせた。

「ウラギール？」

ケンジャノッチが少し驚き目をやると、ウラギールはスヤスヤ寝息を立てていた。

外が明るくなった頃、机に突っ伏して眠っていたウラギールが目を覚ました。

それに気づいたケンジャノッチが、彼女に挨拶をする。

「おはよう、ウラギール。よく寝てたね」

「ん、おはよう。ケンジャノッチはずっと本を読んでたの？」

ケンジャノッチがちょうど本を閉じたところだった。

「どうだった？」

ウラギールがきくとケンジャノッチは静かに首を振った。

「どの本も同じだ。呪いで姿を変えられた者が元に戻る方法はないみたいだ」

「そう……」

二人は黙った。しばらくの間、そこには重い空気が漂っていた。

「でも、一応収穫と呼べそうな情報もあった」

ケンジャノッチがようやく口を開いた。

「ウラギール、あの黒いマークについてだけど、あれはつけられたら最後、どうやっても抵抗できないほど強力なものらしい」

「魔王でも抵抗できない相手……そいつがこの事件の黒幕ってこと？」

「そうみたいだ……」

ケンジャノッチは大きなあくびをし、ウラギールもそれにつられてあくびをした。

「ごめんウラギール、少しだけ寝かせてくれないか」

ケンジャノッチたちは宿に戻るなり、それぞれの部屋で横になり眠ってしまった。

数時間後、ケンジャノッチの部屋から聞こえてくる音でウラギールは目を覚ました。

近くにあった帽子をかぶって彼の部屋を訪れてみると、そこには椅子に座って装備を点検し、いつでも出られるよう準備をしているケンジャノッチがいた。

ケンジャノッチは、何か重大な決意を秘めているような顔つきをしていた。

「あ、ごめんウラギール、起こしたかな」

「ううん、出る準備をしてるなら、起こしてくれてもよかったのに」

「疲れてるかなと思って」

「お気遣いありがとう」

「これから、お城に戻るんだよね」

「ああ。国王クロマークに呪いのことを確かめないといけない」

ケンジャノッチは真剣な顔でそう返し、鞘に納めてあった剣を抜き放った。

「…………」

ウラギールが短い間だけ沈黙し、剣を点検しているケンジャノッチを見つめる。

「いつの間にか、二人だけになっちゃったね」

「そうだな。最初は、四人だったのに……」

ケンジャノッチの言葉に、ウラギールはうなずき、この旅の始まりを思い返す。

「そう、はじめはマトハズレイがいて、スグシヌヨンがいて。スグシヌヨンは、お城を出て一二歩目くらいのところでやられちゃったけど……」

「一〇歩目くらいじゃなかったか」

「とにかく、あのときは暗黒四天王のクソザッコが現れて、大変だったなぁ」

「マトハズレイによれば、勝率一パーセント以下の戦いだったしね」

その割には簡単に勝てた気がしたケンジャノッチだったが、口には出さなかった。

「ノーキンタウンでは、ミカンがおいしかったね」

「う……」

そのうめきと共に、剣を磨いていたケンジャノッチの手が止まる。

ウラギールは、そんな彼をニヤニヤしながら眺めていた。

「二万八〇〇〇ゴールドのミカン、すごい記憶に残る味だったよ」

「……ごめんなさい」

「そんな気まずそうにしないでもいいでしょ。メン・タルヨワイとの試合のときは、ケンジャノッチが頑張ってくれたんだから」

そう言うウラギールの表情は、まさに満面の笑みそのものだった。

「ユ・ウシャ……、ユ・ウジンナシと出会ったのは、次に入った森の中だったっけ」

「ああ、友達が一〇〇人いると言われて、僕は勝てる気がしなかった」

「私も」

「そして暗黒四天王ツヨスギルンとも遭遇した」

「あのときも、ケンジャノッチは大活躍だったよね」

「茶化さないでくれよ。倒したのはウラギールとマトハズレイだっただろ」

ケンジャノッチは磨き終えた剣を鞘に納め、次に履き続けてきた靴の具合を確かめ始めた。その隣で、ウラギールは思い出を語り続ける。

「私たちが最初にこのジンロー村に来たのは、日が暮れるちょっと前のことで……」

「そこで、ジン・ロウ村長に出会ったんだ」

ジンロー村のジン・ロウ村長。

彼のことを思い出すと、ケンジャノッチもウラギールもどうしても気分が沈んでしまう。

「暗黒四天王はユウ・シャノチーチの作り出したモンスターだった。そしてユ・ウシャの祖父であるジンロー村の村長は暗黒四天王ジン・ロウに殺された。それは、つまり……」

「ねぇ、ケンジャノッチ、そこまでにしておこうよ」

ケンジャノッチが言い終える前に、ウラギールが彼の言葉を遮った。

「私たちはオマ・エモカを倒して村を人狼の脅威から救った。それでいいでしょ?」

「ああ。僕もそれでいいと思うよ」

ケンジャノッチは止まっていた手を再び動かし始め、靴の手入れを続けた。

「魔王の城に着いて、マトハズレイが実は暗黒四天王ってわかって、本当に驚かされたなぁ。絶対に嘘だって思った……」

「それは僕もだ。戦うことになるなんて考えもしなかった」

「ユ・ウシャの機転もあって、なんとか殺さずに勝つことができたけど……」

「そのあとに控えていた魔王ユウ・シャノチーチは、本当に強かった。あの闇魔法には、何度くじけそうになったかわからないよ」

「だけど、勝てた」

ウラギールは覚えている。

極限まで追い詰められた状態で「大丈夫」と言ったときの、隣の勇者の表情を。

「ケンジャノッチが諦めなかったから、魔王に勝てたんだよね。さすがは、賢者の血を引いてるだけあるなぁ。私だったらとっくに諦めてたよ」

「何を言ってるんだ……？」

なぜか、ケンジャノッチはきょとんとした顔でウラギールを見つめていた。

「ウラギールが諦めなかったから、僕は勇気を振り絞れたんだよ」

「え……」

「圧倒的に強かった魔王を前にして何があっても負けを認めなかったウラギールに勇気づけられて、僕は戦い抜くことができたんだ。僕が諦めずに済んだのは、きみがいてくれたからだよ。ありがとう、ウラギール」

そう言って、靴の手入れを終えたケンジャノッチは、ウラギールに感謝を向けた。

それは、飾りも何もない、まごうことのないケンジャノッチの本心からの言葉だった。

「…………」

ウラギールは、口をぽかんと開けたまま、表情のない顔でケンジャノッチを見つめた。

「……ウラギール？」

ウラギールはケンジャノッチの手の上に自分の手を重ねた。

「ケンジャノッチ、私が最初に言ったこと覚えてる？」

「最初に言ったこと？」

「うん」

「ああ……何があっても絶対に裏切らないって」

「それ、ケンジャノッチは信じてる？」

ケンジャノッチは目頭を押さえる。少しして息を吐き、前をまっすぐ見て答えた。

「ウラギールは裏切らないよ。絶対に」

ケンジャノッチは笑ってそう断言した。

ウラギールが見る彼の横顔は、とても優しいものだった。

ウラギールは帽子を目深にかぶった。ケンジャノッチは自分の手の上に置かれたウラギールの手に力が入っているように感じた。

隣からは少しだけすすり泣くような声が聞こえた気がした。

少ししてウラギールは元気に立ち上がった。

「よし、行こっか」

「ああ、そうしよう」

ケンジャノッチも立ち上がると、ウラギールは急にしなをつくり、両手を頬に当てた。

「はにゃにゃ～国王の城に戻るぞよぉ～！」

ケンジャノッチはただ無言でウラギールを見つめた。

二人の間に少しだけ気まずい沈黙が流れ、彼はウラギールの横を素通りした。

「あ、あの、ケンジャノッチ……」

ウラギールは顔を真っ赤にして、ぎこちない物言いで彼に話しかけようとする。

ケンジャノッチはドアノブに手をかけて言った。

「ウラギール、かわいいよ」

ケンジャノッチはウラギールの顔も見ずにそう言い残し、部屋を出ていった。

部屋に残されたウラギールは鼻水を垂らした汚い顔で、声を上げながら泣いた。


勇者ケンジャノッチと魔道士ウラギールは国王の城の前に立っていた。

ここはケンジャノッチたちの冒険が始まった場所。

国王クロマークから、国民の失踪事件とスライムの大量発生の原因調査を命じられた。

当初、事件の黒幕は魔王ユウ・シャノチーチである可能性が濃厚だった。しかし、当の魔王本人から語られたのは、衝撃的すぎる真実だった。

この世界には、呪いがかけられている。

それは、絶望した者がスライムに触れたとき、その者自身をスライムに変えてしまうという、世にも恐ろしい呪いだった。

ケンジャノッチたちは死闘の末に魔王を倒したが、直後にさらなる真実が明らかになった。魔王ユウ・シャノチーチは、別の何者かに心を操られていた。

そう、この事件の黒幕は、別にいる。

ケンジャノッチとウラギールは決着をつけるべく、決意と共に城門へと向かった。

門の前には、最初に城を出るときに話しかけてくれた兵士ムノウが立っていた。

「おかえりなさいませ勇者様！　私はスパイがこの城に入らないか見張っているところです！　私はすぐにスパイを見抜くことができますからね！」

ケンジャノッチは「マトハズレイのことは見破れなかったじゃないか」と思ったが口には出さずに城の中に入っていった。

謁見の間に入ると、国王クロマークが玉座に座っているのが見えた。

国王クロマークは立ち上がって勇者たちを迎え入れた。

「おお、よくぞ戻った。勇者ケンジャノッチよ」

国王は声を弾ませていた。

「ええ……」

対するケンジャノッチの返事は重々しかった。

「それで、魔王ユウ・シャノチーチはどうなった？　この事件の黒幕はやはり魔王ユウ・シャノチーチであったか？」

「国王クロマーク様……」

ケンジャノッチが、クロマークとは対照的に低い声のままで、事の次第を報告する。

「僕たちは魔王ユウ・シャノチーチを倒しました」

「そうか……！」

彼にそう告げられ、クロマークはその顔に確かな安堵の表情を浮かべた。

「それはよくやったぞ、勇者ケンジャノッチよ」

「しかし……魔王ユウ・シャノチーチの話では世界に呪いがかけられていると」

ケンジャノッチはクロマークを探るように目を向けた。

「呪い？」

「絶望した人間がスライムに触れると、その者もスライムになるという呪いです」

「なんと……」

国王クロマークの顔が、とてつもないほどの驚きに染め上げられた。

ケンジャノッチはクロマークを直視し、続ける。

「しかし、その呪いをかけた者を倒せば世界の呪いは解けると」

「なるほど。ということは、もうその呪いは解けたというわけだな」

「いいえ……」

ケンジャノッチは低く抑えた声で否定した。

クロマークは「なに？」と不思議そうに片眉を上げて、ケンジャノッチに問い返す。

「お前たちは魔王ユウ・シャノチーチを倒したのではないのか？」

「確かに僕たちは魔王ユウ・シャノチーチを倒しました。しかし魔王の城から帰る途中、ある者がスライム化するのを目の前で見ました」

「ふむ、それは不思議だ……」

「さらに言えば……魔王ユウ・シャノチーチは何者かに操られていた可能性があります」

「操られていた？　どういうことだ？」

「魔王ユウ・シャノチーチの首の裏に、怪しげな黒いマークがあったのです」

「ほほう」

「それは何者かに操られているしるしだという情報をつかみました」

「なるほど」

ケンジャノッチには、クロマークは呪いのことを本当に知らないように感じられた。

しかし、これまで何度も裏切られてきた経験から、彼はどうしても国王に対する一抹の疑念を捨て去ることができずにいた。

国王が思い出したように話題を変える。

「そういえば勇者ケンジャノッチよ、あと二人仲間がいたはずだがどうしたのだ？」

「僧侶スグシヌヨンはこの城を出て一三歩くらいのところで敵にやられてしまいました」

「なんと、一〇〇歳まで生きると言っていたのに……」

クロマークはそう言って驚いたが、ケンジャノッチは至極冷静に「でも心臓弱かったんだよな、彼」と思った。

「そして剣士マトハズレイは実は魔王側のスパイでして……」

「スパイだと……？」

「やむなく僕たちが倒しました」

「なんと……にわかには信じがたい話だ……」

ケンジャノッチの報告を聞き終えたクロマークが、あごに手を当てて考え込む。

「そう！　信じられない話なのです！」

突然、謁見の間に大きく響き渡る何者かの声。

みなが声のした方を振り返ると、そこには剣士マトハズレイが立っていた。

「何せ私は生きているのですから！」

「マトハズレイ……！」

ケンジャノッチが驚いている間に、マトハズレイは無駄に胸を張って謁見の間を遠慮なしに闊歩《かっぽ》し、彼とウラギールの近くで立ち止まった。

「魔王城からここまで走ってくる間、私は圧倒的頭脳で今までの事実を整理し、そして確信した！　この事件の黒幕は、魔王ユウ・シャノチーチではないとな！」

マトハズレイが自信満々に言った。ケンジャノッチがそれに同調して深くうなずく。

「そう、この事件の黒幕は……」

彼は国王クロマークを指さし、固く張り詰めた声で語りかける。

「国王クロマーク様、あなたではないですか？」

彼がそう言ったあとで、マトハズレイが一歩前へ出て言った。

「私も国王クロマーク様にひとつ言いたいことがあります。ずばりこの事件の黒幕は……」

マトハズレイは国王クロマークを指さし、無駄によく通る声で語りかける。

「国王クロマーク様、あなたではないですか？」

全員、沈黙。

マトハズレイの戯言に、ケンジャノッチも、ウラギールも、誰も、何も言わなかった。

国王クロマークは笑ってみせた。

「何を言っているのだ。最初に言ったではないか。この事件の黒幕はこの国王クロマークではないと」

「なるほどそういうことか……」

マトハズレイは力強く腕を組んで真剣に考察し、ケンジャノッチたちへ振り返る。

「みんな、本当の真実が明らかになった！」

頭脳明晰なマトハズレイの圧倒的知性が、この一連の事件の隠された真相を暴き出す。

「つまりこの事件の黒幕は、国王クロマーク様ではないぞ！」

「口ではなんとでも言えます」

ケンジャノッチがすかさず言った。

「確かにその通りだ！」

マトハズレイがすかさず同意した。

ケンジャノッチは一人で勝手に納得しているマトハズレイを意に介さず、クロマークをさらに問い詰めようとする。

「国王クロマーク様、世界に呪いをかけたのが魔王ユウ・シャノチーチでないのであれば、それほど大きな魔力を持っているのはあなたしかいません」

「…………」

クロマークは沈黙を返した。そして、その身にまとう空気がわずかに重さを増す。

「ひとまずお前たちは魔王を倒したわけだな？」

「ええ」

ケンジャノッチは肯定した。

「ケンジャノッチよ、もしこの国王クロマークが事件の黒幕だとしたらどうするのだ？」

「世界にかけた呪いを解いてください」

「嫌だと言ったら？」

「あなたを倒さなければなりません」

宣言したのち、ケンジャノッチは剣に手をかけ、ウラギールが魔力を集め始める。

「まったくもって愚かな」

国王クロマークは笑ってみせた。

突如、首にかけていたペンダントが紫の光を放ち、玉座周辺を暗く染め上げる。

「まさか、闇のオーラ……！」

ケンジャノッチが警戒を露わにする。

クロマークのペンダントが放っているものは、ユウ・シャノチーチが見せたものと同じ闇の魔力に間違いなかった。

「みんな、警戒して！　国王クロマークは、闇魔法の使い手……！」

ウラギールは注意を促した。

「魔王ユウ・シャノチーチを倒したとなればもう貴様らに用はない。この国王クロマークが、新しい世界秩序の礎になるという栄誉を与えてやろう」

闇の魔力を高めるクロマークからは、もはや殺気と敵意しか感じられない。

ケンジャノッチが信じていた国民の失踪を憂う心優しい国王は、もうどこにもいない。

ここにいるのは、スライム化の呪いを解くことを否定した闇魔法の使い手クロマーク。

この事件の真の黒幕は誰か。その答えは、もはや明らかだった。

「国王クロマーク、あなたが最後の敵というわけですね」

国王クロマークは冷徹に笑う。

「さぁ、最終決戦といこうではないか！」

クロマークが放つ闇のオーラが、謁見の間全体を侵食していく。

「貴様らには超魔道タスカラヌを見せてやろう」

「超魔道タスカラヌ……！」

そう繰り返すケンジャノッチは、激しい悪寒に襲われた。

国王クロマークもまた、魔法の最終奥義とされる超魔道を使うことができるのだ。

だが、魔王の超魔道も耐え抜くことができたのだから、今度だって大丈夫に違いない。

ケンジャノッチはそう思って不安に陥りかけた自分を鼓舞しようとする。

「超魔道は使わせない。氷魔法奥義ダンガンミ・タイナコーリ！」

ウラギールが奇襲を仕掛ける。

彼女は、ケンジャノッチとは違ってクロマークの攻撃を待つつもりはないようだった。

ウラギールの放った氷の魔法は闇のオーラに防がれた。

「貴様らがいかに無力かを教えてやろう」

紫色のオーラは巨大な悪魔となり雄たけびを上げた。

「超魔道タスカラヌを味わうがいい」

「そうはさせない！」

ウラギールはケンジャノッチとマトハズレイの前に躍り出て巨大な壁を張った。

「ふん、そんなもの時間稼ぎにもならん」

悪魔は指を突き出し、いとも簡単にその指先で氷の壁を突き破った。

「う、嘘……！」

来襲した闇の悪魔が、上から三人に覆いかぶさってくる。

「うあああぁ！」

ケンジャノッチたちは全身をズタズタにされ、血を散らせてその場に倒れ伏した。

ケンジャノッチは何か喋ろうとしたが、それは声にならずただ口から血を吐いただけだった。

な、なんだこれは……体が……まったく動かない……。

マトハズレイもウラギールも、体をピクリとも動かすことができなかった。

国王クロマークは感心して口を開いた。

「ほぉ、生き残ったか。タスカラヌを受けて死なずに済んだのは貴様らが初めてだ」

しかし、国王はすぐにつまらなさそうな表情を浮かべる。

「ところで、さっきまでの威勢はどうした？　もう終わりなのか？」

こちらを冷たく見下すクロマークに対して、ケンジャノッチたちは何も答えられなかった。心は折れていないのに、受けたダメージが深すぎて、指一本も動かせない。

「まったく、もう少しやれるのかと期待していたが……」

クロマークは倒れているケンジャノッチに歩み寄った。

「その程度で本気で勝てると思っていたのか？」

そう言うとクロマークはぐったりしているケンジャノッチを踏みつけた。

「舐められたものだな。私はこの国を統べる国王、クロマークであるぞ」

ケンジャノッチの頭には、クロマークに言いたい言葉がいくつも浮かんだ。しかし、体がいうことをきかず、声を発することもできなかった。

「ここで一気にトドメを刺すのも悪くないが……ひとりずついたぶっていった方がお前たちも面白いだろう？」

クロマークが足元に転がっているウラギールを見下ろす。

「え……」

ウラギールがかすかな声を発する。クロマークは闇魔法のオーラを操りウラギールを包み込み、自分の目の前に浮かび上がらせる。

クロマークはそのままウラギールを殴りつけた。

「あぁ！」

ウラギールは吹き飛び、そのまま地面に打ち据えられた。

クロマークは倒れたウラギールを再び闇のオーラで浮かせて、自身の目の前へ運んだ。

倒れているケンジャノッチの耳には、クロマークの笑い声と、ウラギールが殴られる音と彼女の悲鳴が聞こえていた。

「ウラ……ギール……」

ケンジャノッチは小声でつぶやいた。助けに行きたいのに体は動いてくれなかった。

動け、からだよ、動け。

ケンジャノッチが何度念じても、指一本も動かない。

ウラギールはまた闇のオーラでクロマークの前に運ばれ、腹を思いきり蹴飛ばされた。

「あ、ぅ……」

「まったく、口ほどにもない」

そう言うと、クロマークは高らかに笑い声を上げた。

闇のオーラで浮かされているウラギールは、ひどくいたぶられ、うなだれた状態でピクリとも動かなくなっていた。垂れた血が床に点々と落ちている。

「ウラ……ギール……」

体が動かないケンジャノッチは、ボロボロのウラギールを見ることしかできない。

どれだけ感情を激しく動かそうとも、それでも指先ひとつ動いてくれない。

「なんで僕は、こんなにも弱い……！」

無力感と悔しさから、ケンジャノッチは涙を流した。

そして、何か自分にできることはないかと考えて、ふと、ある言葉を思い出した。

ケンジャノッチには賢者の血が流れている――。

ウラギールが言ってくれたことだ。

「くそ……」

もし自分に賢者の血が流れていれば、ウラギールを助けられるかもしれないのに……！

「ふむ……お前をいたぶるのも飽きてきたな」

クロマークは半死半生のウラギールを前にして冷淡につぶやき、笑みを浮かべた。

「そろそろトドメを刺してやろう」

ウラギールはやはり何も言えず、時折ぴくぴくと体が痙攣《けいれん》していた。

「せめてもの慈悲だ。これ以上苦しまないよう、心臓を抉ってやるとするか」

クロマークが右手に闇魔法のオーラを集中させる。

こ、このままじゃ、ウラギールが……！

ウラギールの死を目前にして、ケンジャノッチの中で様々な感情が膨れ上がっていく。

「さらばだ、ウラギール」

クロマークは右手を振りかぶり、ウラギールの胸部を貫こうとする。

「ウラギール……」

その瞬間、ケンジャノッチの中で何かがはじけた。

「ウラギール……ッ！」

ケンジャノッチの体が激しい光を放つ。

「なに……？」

クロマークが驚きと共にケンジャノッチの方に目を向けようとしたそのとき、すでに拳は目の前まで迫っていた。

「ぐふおっ！」

ケンジャノッチの拳を顔面にくらったクロマークは、勢いよく壁に激突した。

闇のオーラから解放されたウラギールはそのまま地面に向かって落下するが、ケンジャノッチがそれを受けとめ、抱きかかえる。

ケンジャノッチの体を包む白いオーラが、ウラギールにも伝わっていく。

ウラギールはゆっくりと目を開けた。

「ケンジャノッチ……？」

ウラギールはケンジャノッチを見上げる。

「不思議だ……」

ケンジャノッチは信じられないという表情でつぶやいた。

「なぜだか力が湧いてくる……」

起き上がった国王クロマークは口からこぼれる血をぬぐって、面白そうに笑った。

「なるほど、賢者の血が覚醒したわけか」

「僕に賢者の血が……？」

ケンジャノッチは不思議な感覚になっていた。

ウラギールが涙ぐみながら口を開いた。

「だから言ったでしょ、ケンジャノッチには賢者の血が流れてるって……」

「本当にそうだったなんて……」

ケンジャノッチは抱きかかえていたウラギールを下ろして、立ち上がらせた。

マトハズレイもなんとか起きて、ケンジャノッチの元まで歩いてきた。

彼女は、静かな声で語り出す。

「賢者の血は大切な人を守るときに覚醒する……」

ウラギールが噛み締めるようにしてマトハズレイに続く。

「そして……愛によって増大する……」

ケンジャノッチの白いオーラが活発に動き始める。

「生命活性魔法ゲン・キワーケル」

ケンジャノッチの白いオーラが、ウラギールとマトハズレイをも呑み込み、二人の傷は完全に消えていった。

「力が湧いてくる……」

ウラギールは自身にみなぎる力に驚きながら言った。

「私もだ……」

マトハズレイもその力を感じていた。

国王がニヤリと笑う。

「なるほど、覚醒したケンジャノッチのパワーを他の仲間にも分け与えたわけか」

国王は心底楽しそうに笑みを深める。

「ふふふ……はははあぁぁ！」

そして腹の底から大声を上げて笑った。

「最近骨のあるやつが少なくてウズウズしていたところだ。少しは楽しませてくれそうじゃないか」

国王クロマークのペンダントが紫色のオーラを解き放つ。

「どちらの愛の力が大きいか勝負といこうではないか！」

クロマークは紫色の巨大なオーラをまとい、それは悪魔となった。

ケンジャノッチも白い巨大なオーラをまとい、それは天使となった。

「超魔道タスカラヌ！」

「超魔道ウチヤブル！」

二人の声が響くと同時に、光のオーラと闇のオーラが真っ正面から衝突する。

その衝撃は謁見の間を揺るがし、壁や床に無数の亀裂を入れ、その果てに光と闇はお互いを食い合い大爆発を起こし、対消滅《ついしょうめつ》した。

「ほぉ、タスカラヌを防ぎきったか。ならばこれはどうかな？」

クロマークはその目を青く輝かせ、蒼のオーラをまとい始める。

「氷属性の魔法……それなら私の専門ね！」

ウラギールも青色のオーラで全身を包んだ。

「これを防げるか？　氷魔法奥義ダンガンミ・タイナコーリ！」

クロマークがおびただしい数の氷の結晶を漂わせた。

「来ると思った！」

ウラギールは今までの何倍も厚い大きな壁を出現させる。

クロマークの弾丸は激しく壁にぶつかり、冷やされて白くなった空気が立ち込め辺りが見えなくなった。

その白い空気の中から、剣を捨てたマトハズレイが飛び出し、クロマークに接近する。

それを見たクロマークも黄色のオーラをまとい、笑みを浮かべた。

「絶対強者の圧倒的実力というものを教えてやろう」

それを聞いたマトハズレイも凛々しい笑みを浮かべる。

「ならば私は頭脳明晰な大天才の圧倒的計算力というものを見せてやろう！」

二人は超高速で格闘し始め、ケンジャノッチたちの前で衝撃音がいくつも重なった。

再び二人が現れ、クロマークの右ストレートとマトハズレイの左回し蹴りが激突し、空気が大規模に爆ぜて床と天井に亀裂を走らせた。

威力は完全に互角で、お互い後ろに吹き飛ばされ、オーラは消失した。

クロマークは深く息を吐き、すぐに大笑いした。

「面白い！　面白いぞ！」

そう言うと、今度はクロマークは紫色のオーラをまとい始める。

城の天井は吹き飛び、床からはマグマが噴き荒れた。

「震えるがいい！」

天から炎の弾が降り注ぎケンジャノッチたちに襲いかかる。

「危ない！」

ウラギールは氷の壁を出現させようとする。

「惑わされちゃダメだ、幻術だ」

ケンジャノッチはそう言ってウラギールを制止した。

直後、降り注いできた炎の弾がケンジャノッチを呑み込んだ。

「ケンジャノッチ！」

ウラギールは悲鳴じみた声を上げたが、ケンジャノッチは傷一つなく、クロマークに斬りかかった。その一撃は非常に鋭く、クロマークが回避する時間はないはずだった。

「ぬるいな」

クロマークはニタっと笑い、次の瞬間にはマトハズレイの後ろに出現していた。

「マトハズレイ、後ろ！」

ケンジャノッチが声を上げる。

気づいたマトハズレイは、殴りかかってくるクロマークを雷を帯びた拳で迎撃した。

クロマークはギリギリでガードを間に合わせ、そのまま後方に跳躍した。

いつの間にか、砕けた天井やマグマが噴き上がっていたはずの床は元に戻っていた。

「ケンジャノッチの言う通り、幻術だったんだね……」

「クソザッコが使っていたのと同じだよ」

そう返したケンジャノッチが見ている先でクロマークが床に着地。一瞬の隙を見せる。

「隙あり！　氷魔法ダンガンミ・タイナコーリ！」

ウラギールはクロマークに向けて氷の弾丸を飛ばした。

「守護魔法マホキカーヌ」

クロマークは守護魔法によって氷の弾丸を無効化してしまう。

しかしそのときにはすでに、マトハズレイがクロマークの背後に回っており、雷光を帯びた全力のドロップキックを炸裂させ、国王をぶっ飛ばした。

玉座近くに転がされたクロマークは、立ってすぐに玉座の端をつかんだ。

すると玉座がかすかに光を放ち、それを見たケンジャノッチはすぐに悟った。

あの玉座、魔王城にあったものと同じ仕掛けか……！

「この状況でクロマークに魔力を回復されるのは、まずい！」

ケンジャノッチは全力で走ってクロマークに斬りかかった。

クロマークはすんでのところで攻撃を回避したが、玉座は真っ二つに叩き切られた。

「ちっ、気づかれていたか……」

クロマークは思案する。

玉座なき今、消耗戦を続けるのは不利。ならば短期決戦でひとまずケンジャノッチだけでも片づけてしまえば、あとのザコ二人はどうにでもなる。

「ここで一気にケリをつけさせてもらおう」

クロマークの闇のオーラが巨大化し、ひとつはドラゴンに、ひとつは悪魔になった。

「超魔道ギリシナヌと超魔道タスカラヌを同時にお見舞いしてやろう」

「二つの超魔道を、同時に……？」

ケンジャノッチは一瞬ひるんだが、剣の柄を強く握りしめ、白いオーラを剣に込めた。

「これで終わりだ！」

国王クロマークは叫び、ドラゴンと悪魔が同時にケンジャノッチたちに襲いかかる。

「はあああああぁぁぁぁ！」

ケンジャノッチは飛び上がり、白いオーラを込めた剣で悪魔とドラゴンを両断した。

「ば、ばかなっ……！」

驚愕するクロマークが見ている前で、全力を込めたはずの闇のオーラが消滅する。

「国王クロマーク、覚悟！」

マトハズレイが殴りかかる。我に返ったクロマークは慌てて跳躍し、宙に浮いた。

「さすがに、そこじゃ避けられないでしょ！」

空中にいるクロマークにウラギールが氷の弾丸を飛ばす。

「こざかしい！」

クロマークは残り少ない魔力を絞り出して闇のオーラをまとい、弾丸をはじき返す。

しかし、ケンジャノッチの力で強化された魔法を全て防ぎきることはできず、いくつかの氷の弾丸がクロマークに突き刺さった。

クロマークは部屋の反対側で着地し、雷属性を示す黄色のオーラをまとい始める。

「ザコの魔道士風情が、無礼な。誰に歯向かっているのかわかっているのか！」

クロマークはウラギール目がけて突っ込んできた。

「きゃあ！」

ウラギールは短い悲鳴を上げて目をつむった。しかし、不思議と痛みはなかった。

ゆっくりと目を開けたウラギールが見たものは、見慣れた勇者の背中。

「ケンジャノッチ……？」

ケンジャノッチの肩越しに、拳を振り上げた体勢で止まっているクロマークが見えた。

「がはっ……！」

突然、クロマークは口から血を吐いた。ケンジャノッチの剣が腹部を深く貫いていた。

「終わりだ、クロマーク！」

ケンジャノッチはクロマークの目を下から見上げるようにしてにらみつけた。

クロマークは腹から血を溢れさせながら瞳を見開き、ケンジャノッチをにらみ返す。

「侮るなよ、勇者ケンジャノッチ。私は、国王クロマークであるぞ！」

クロマークは振り上げたままだった拳をケンジャノッチに振り下ろす。

彼はガードしたものの、その一撃でウラギールもろとも壁に叩きつけられた。

剣で串刺しになったままのクロマークはみたび血を吐きながら、吹き飛んだケンジャノッチが起き上がるのを見て笑い声を上げる。

「ふふふ……」

剣を失ったケンジャノッチは、マトハズレイのように拳を構えて王と相対しようとする。

「はははは……」

戦う姿勢を見せる勇者に、クロマークは心から感心してまた笑った。

「想像以上だ、勇者ケンジャノッチ」

クロマークは、まるで親が成長した子供を見守るかのような目つきで、感慨深げにケンジャノッチを見つめる。

「まったく……お前が実の息子であればと思うほどだ」

クロマークはよどみない動きでケンジャノッチの剣をあっさりと引き抜いた。

傷口から大量の血が噴き出るが、それを意に介さずクロマークはだんだん目を細める。

「新しい世界秩序を見たかったものだ……」

クロマークは一瞬だけ瞳を揺らし、そののち、すぐに表情を引き締めた。

その立ち姿は、最後まで王たる者そのものだった。

「さらばだ……」

クロマークは口から血を吐き、床に崩れ落ちると、そのまま動かなくなった。

マトハズレイはクロマークの様子を確かめ、神に祈るような仕草をした。

「終わった……」

ケンジャノッチは戦いが終わったのだと悟り、全身から力を抜いて天を仰いだ。

「これで全部終わったんだ……これで、スライム化現象も止まる」

長い戦いは終わりを迎え、勝者を祝福するように窓から差し込む光は明るさを増した。

それは、今のケンジャノッチの気持ちも同様で、彼は晴れ晴れとした顔つきで強く拳を握りしめていた。

全身が歓喜に打ち震えると共に、その胸の内でこうつぶやいた。やっと言える。

「ウラギール」

ケンジャノッチは前を向いたまま、自分のすぐ後ろにいるウラギールに話しかけた。

「ウラギールのおかげで僕はここまで強くなれた」

彼は、話しかけただけで自分の心臓の鼓動がどんどん早まっていることに気づいた。

こんなことを言うのはどこまでも恥ずかしくて、今すぐ逃げ出したいという気持ちも少しばかりあった。

だが、言うなら今しかない。

ケンジャノッチは人生一番の勇気を振り絞って、ウラギールに告げようとする。

「あのさ、ウラギール。その、よかったらなんだけど……」

しかし彼女は黙ったままケンジャノッチの横を通り過ぎ、彼に背を向けて立ち止まる。

「ケンジャノッチ」

反射的にその背中を目で追っていたケンジャノッチは、ウラギールが何か言おうとしていることに気づいて、一度自分の言葉を止めた。

「まだスライム化現象は止まらない」

そしてウラギールは、最もあってはならないことを告げた。

「え……?」

彼女が何を言ったのかすぐには理解できず、ケンジャノッチはきき返してしまう。

遠くでマトハズレイが大声を出した。

「おい、見てくれ二人とも！」

ウラギールとケンジャノッチはマトハズレイと倒れている国王の元へ向かった。

「嘘だ……」

ケンジャノッチの目が見たものは、国王クロマークの首の裏にある黒いマークだった。

「国王クロマークの首の裏に黒いマークが……」

「まさか、国王クロマークに黒いマークがあるなんて……」

ケンジャノッチは顔面蒼白になって、マトハズレイの言葉をそのまま繰り返した。

マトハズレイは特有の深い見識と鋭い考察から、驚くべき仮説に到達する。

「国王クロマークも何者かに操られていたということか……？」

「ばかな……この事件の黒幕は国王クロマークじゃないのか……？」

ケンジャノッチの頭は真っ白だった。いったいどうなっているのか、まったく何もわからない。

「ケンジャノッチ」

国王のペンダントを回収したウラギールは、張り詰めた声で彼に呼びかける。

「ケンジャノッチには伝えなきゃいけないことがある」

ウラギールが壁の一角に手を置くと、その部分が光を放ち、音を立てて動き始めた。

そして、人一人が通れる程度の大きさの入り口がそこに現れた。

入り口の向こうはかなり暗く、奥の方には何があるのかわからない。

ウラギールは階段を前に、ケンジャノッチたちに背中を向けたまま口を開いた。

「ついてきて」


薄い闇の中、階段はどこまでも続いていた。

ケンジャノッチとマトハズレイは、ウラギールのあとについて階段を下りていく。

「…………」

ケンジャノッチは無言、マトハズレイもウラギールも何も口を開くことなく、階段を下りる音だけが響き続けている。この先に何があるのかはわからずにいるケンジャノッチの頬を、冷たい汗が伝い落ちていく、
階段を下りきると、その先には狭い通路がのびており、三人はそこを進んだ。

途中、いきなりウラギールが立ち止まる。

彼女はケンジャノッチの方を振り返り、彼の手首の辺りを見たあとで、言ってきた。

「ケンジャノッチ」

「ん?」

短く答えたケンジャノッチに、ウラギールは彼の胸元の青い石があしらわれたペンダントを見ながら、続ける。

「お父さんの形見のペンダント、似合ってるね」

「え? ああ……」

ケンジャノッチは困惑したような声を出したのち、ペンダントを軽く握った。

普段は服の下にしまっているものだが、国王との戦いで外に露出していたようだ。

「でもこのブレスレットは似合ってないと思う」

そう言うとウラギールはケンジャノッチのブレスレットを外し、通路のわきに捨てた。

ブレスレットに埋め込まれていた石は、床に当たってあっけなく割れる。

ケンジャノッチが戸惑っているとウラギールはまた無言になって進み出した。

やがて、通路の果てに重々しさを感じさせる大きな扉が見えてくる。

その扉のわきには兵士がひとり立っていた。

ケンジャノッチが城を出るときに会った兵士、スパイデスだった。

「お嬢様、お疲れ様です！」

スパイデスはウラギールに敬礼した。

ケンジャノッチはスパイデスの声に聞き覚えがあった。魔王の城にいたあの鎧の騎士とほとんど同じ声に聞こえたのだ。

ケンジャノッチは、やっぱりそっくりだな、と改めて思った。

扉が開くとそこには暗闇が広がっていた。

ウラギールが壁に手をつくと、部屋に明かりがともされた。照らし出されたのは随分と殺風景な部屋で、大きな机や棚が並べられており、奥の方にはまた別の扉があった。

部屋のそこらじゅうに文献やメモ、薬や魔石のようなものが散らばっていた。

ケンジャノッチがメモを何枚か拾い上げると、たとえばこんなことが書いてあった。

『新しい世界秩序。それは愛に溢れる新しい世界。

希望に溢れた世界を。愛に溢れた世界を』

『賢者の血を覚醒させるには、大切な人が危機に陥る必要がある。どうやって？』

『捨て子を発見した、誰にもばれないようにこっそりと育てる。
教育が大事。あなたは〝大切な人〟になるのだから』
『愛の刻印がしるされた者は自分でも操られていることに気づかない』
『あの男にはこう言っておこう。
事件の犯人を倒して。
そのためにあの人とあの子を向かわせて』
『あの男にはこう言っておこう。
勇者が強くなるように試練を与えて。
そしてその勇者を引き連れてここに来て』
『私が心から愛するのはひとりで十分。私だけの戦士。
うっとうしい男たちには退場してもらおう』
『素晴らしい国の条件とは何か？
それは全ての国民が愛と希望を持って生きていることである。
絶望した人間や不満を持つ人間はこの国には必要ないだろう。

新しい世界秩序の幕開け。

作戦の実行の時期は決まった。あの勇者が成人になったときだ』

ケンジャノッチにはこれらのメモが何を意味するのかはよくわからなかった。

ウラギールは奥にある扉の前に立っていた。彼女の胸元には、先ほど国王がしていたペンダントが光っていた。

「ケンジャノッチ、あなたは新しい世界を切り開くことになる」

その言葉を言い終えたのち、ウラギールは扉を開けた。

次の瞬間、突き刺すような強い光がケンジャノッチたちを出迎えた。広すぎるほどに広いその空間でまず目に入ったのは、壁の全面を覆い尽くす水晶に似た巨大な結晶体だった。

壁の一角からは水が流れて滝となり、地面に泉を作っている。空間の中央部分には石でできた島があり、ウラギールは入り口から延びる橋を渡ってその島へと進んでいく。

島の中心は小高くなっており、太い柱で囲まれていた。

そこに、誰かが立っているのが見える。

「お連れしました」

ウラギールはその人物の前で立ち止まり、深々と頭を下げた。

「ようやく来たのね……」

その人物が振り返ると、ケンジャノッチにも見覚えのある顔だった。

「王妃フリーン様！」

「よくここまで来ました。ケンジャノッチ」

ケンジャノッチは我が目を疑った。しかし、そこに立っているのは間違いなく、国王クロマークの妻であり、この国の王妃であるフリーンだった。

ケンジャノッチと同じく驚いた様子のマトハズレイが、彼女に大きな声で問いかける。

「こんなところで何をなさっているのですか！　いったいここはなんなのですか？」

王妃フリーンは冷静に答える。

「ここは儀式の間です。私はここから世界に呪いをかけた」

「呪い……？」

ケンジャノッチはその言葉を繰り返す。ただただイヤな予感しかせず、つぶやく声は自然と固いものとなった。

フリーンが彼を眺めながら、続ける。

「絶望した者がスライムに触れたらスライムになってしまう呪い」

明かされた真実に、ケンジャノッチは限界までその目を見開いた。口も大きく開けられたが、ショックから何も言うことができなかった。

その傍らで、彼の代わりにマトハズレイがフリーンを問い詰める。

「どういうことですか王妃フリーン様……！　話が見えてきません！　つまり……」

マトハズレイは自分の中で組み上げた衝撃的な仮説を王妃フリーンにぶつける。

「世界に呪いをかけたのはフリーン様ということなのですか？」

少しの沈黙のあと、フリーンは口を開いた。

「ええ、今そう言った」

「そうですか！」

マトハズレイは納得し、威勢よくうなずいた。

今度はケンジャノッチが、フリーンをきついまなざしで見据えて質問をする。

「フリーン様、スライム化の呪いを解く方法は……」

彼が向けてくる視線を軽々と受け止めながら、フリーンは優雅に笑って返答をする。

「術者、つまり私を倒せば呪いは解かれる。ただしすでにスライム化した者を元に戻す方法はないわ。自我も記憶もほとんど失う。そんなものは人とは呼べないわ」

ケンジャノッチは目を伏せ、ユ・ウシャのことを思った。

それではもう、彼は……！

「フリーン様、あなたは世界に呪いをかけて、何がしたかったんですか……？」

ケンジャノッチが苦しげな声でそうきくと、フリーンは一言「愛のために」と返した。

「全ては計画通りだったのです。魔王ユウ・シャノチーチが倒されることも、国王クロマークが消えることも。そして、ケンジャノッチの賢者の血が覚醒することも」

フリーンはその場で未だ沈黙を保つウラギールに向けて、柔らかい微笑みを向け、ねぎらう。

「よくやってくれたわ、ウラギール」

フリーンに声をかけられて、ウラギールは恭しく頭を下げる。

「ウラギール？」

一方で、彼女の名を呼んだマトハズレイは、事態がまったく呑み込めていなかった。

「なんだ、まったく話についていけない。つまり全ては計画通りだったということなのか？」

「そう、全てが計画通り」

ウラギールはケンジャノッチから顔を背け、マトハズレイの方へと視線をやる。

「マトハズレイが私たちを裏切ることも。ジンロー村でケンジャノッチが落ち込むことも。そして……」

一瞬だけ、ウラギールが言葉を途切れさせる。

だがすぐ、彼女は感情をなくした声でその先を続けた。

「……私がケンジャノッチの〝大切な人〟になることも」

ウラギールが告げた真実に、マトハズレイは大いにうろたえ「まさか、それじゃあ……！」と声を震わせる。

「ノーキンタウンでケンジャノッチが二万八〇〇〇ゴールドのミカンを買わされたことも！」

ウラギールは答えた。

「計画通りじゃなかったことも多少はある」

「計画通りじゃなかったことも多少はあるのか……！」

マトハズレイは息を呑んだ。全てが計画通りだったわけではなかったのだ。

ウラギールは肌に突き刺さる彼の視線を感じながら、そちらは向かずにさらに語る。

「魔王も国王も、首にしるされたフリーン様の〝愛の刻印〟によって、本人たちも気づかないまま心を操られていた。全てはフリーン様への愛を示すために」

淡々と続くウラギールの話によって、マトハズレイは途方もない真実にたどり着いた。

「フリーン様は魔王ユウ・シャノチーチと不倫していたということですか？」

マトハズレイの混乱は極限に達していた。なぜなら、不倫はとても悪いことだからだ。

「なぜですか、なぜそんなことを！」

「新しい世界秩序」

フリーンは上を仰ぎ見た。

「人間は愛に飢えているの」

そう切り出したフリーンは、マトハズレイを憐《あわ》れむような目で見下ろす。

「愛を与えられない人間。愛を受け取れない人間。愛に満たされた人間もいれば孤独で絶望している人間もいる。そんな世の中は醜いわ。だから全ての人間に愛を保障しないといけない。つまりそれは……全ての人が私を愛し、私もまた全ての人を愛する世界。これが愛に溢れた新しい世界秩序。愛で満たされた素晴らしい世界」

「まさか、フリーン様は、全人類と不倫しようとしているのですか！」

「いいえ。不倫というのは古い世界の概念でしかないわ。新しい世界にそんなものは存在しない。なぜなら、全ての人は私の愛で繋《つな》がっているのだから」

フリーンはさも当然のようにそう断言する。

「では、それを受け入れられない人間はどうなります？」

マトハズレイは珍しく真面目に疑問を呈した。

「そんな人間は必要ない」

フリーンはきっぱりと言い切った。

「絶望し、ザコのスライムになり果て駆逐されるといいわ」

「ウラギール……」

フリーンの宣告が終わってすぐ、沈黙し続けていたケンジャノッチが彼女を呼んだ。

ケンジャノッチに呼ばれた魔道士は、何も言わないし、彼の方を向こうともしない。

「ウラギールが今までやってきたことは全部演技だったの……？」

それを問うケンジャノッチの声は、消え入るほどに弱々しく、ウラギールを見つめる瞳も彼の感情を表すようにして激しく揺れ動いていた。

しかし、彼に問われても、見つめられても、ウラギールは何も答えないし、ケンジャノッチを見もしない。ただ背を向けて、その場に立ち尽くしている。

「全ては僕に〝大切な人〟だと思わせるための……その〝大切な人〟を守るために、僕の賢者の血が覚醒するように……ただそのために……」

きつく握りしめられたケンジャノッチの拳から、ボタボタと血が滴る。全身を震わせながらウラギールに問いかける彼の声は、ほとんど泣き声のようなものだった。

ケンジャノッチにどれほど求められても、結局ウラギールは背を向けたまま一つも応じることなく、フリーンの方を振り向いた。

「フリーン様。ひとつききたいことがあります」

「何かしら」

「なぜ魔王と国王は消えなければならなかったのですか」

ウラギールは、これまで少しも触れられていなかった話を持ち出した。

「どちらもフリーン様の言うことを聞く存在。生かしておいてもよかったのでは？」

フリーンは穏やかに、そして露骨に蔑みながら笑った。

「ウラギール、あなたは愛のことがわかっていないわ」

彼女は首を横に振ると、ウラギールへ諭すようにして、教える。

「〝愛の刻印〟は強烈な愛情を呼び起こすの。あの二人が生きていたらお互いに嫉妬して暴動にまで発展してしまう。どちらも私と二人きりで歩む世界を空想していたから」

フリーンの説明に、ウラギールは一つの疑問を投げかける。

「それではどちらか一方だけを消せばよかったのでは」

「いいえ、どちらも私のパートナーにはふさわしくないわ」

フリーンは興味なさげな声で即答した。

結局は、魔王も国王も彼女を愛してはいても、彼女に愛されてはいなかったのだ。

次の瞬間、フリーンは一転してその目に優しいものを浮かべ、口元に妖しい微笑を浮かべてケンジャノッチへと呼びかけた。

「ケンジャノッチ。よくぞ様々な試練を乗り越えここまでたどり着きました。あなたこそ私のパートナーにふさわしい」

ケンジャノッチを抱きしめるために、フリーンはゆっくりと両腕を広げる。

「さあ、ケンジャノッチ。私と共に新しい世界秩序を作りましょう。私は国民全員を愛するけれど、あなたにはそれより特別な愛情を与えるわ。いらっしゃい。ケンジャノッチ」

そう告げるフリーンの声は、果てしない歓喜に濡れていた。

周りにウラギールやマトハズレイがいながらも、彼女が見ているのはケンジャノッチだけ。このときのために、ずっと長い間待ち続け、迂遠《うえん》な計画も推し進めてきた。

そして今、フリーンは最高の結末を迎えようとしている。

ケンジャノッチは深くうなだれたまま、その場からふらふらと歩き出した。

「待って！」

だが、突然の鋭い声が、ケンジャノッチとフリーンの間に割って入った。

叫んだのはウラギールだった。フリーンは眉をひそめる。

「なんのマネです？　ウラギール」

ウラギールはフリーンには答えず、ケンジャノッチの前に立つ。

彼を見上げるその瞳には強い決意ともっと強い何かが輝きとして宿っていた。

「ケンジャノッチ、確かに私がしてきたことは賢者の血の覚醒に必要な〝大切な人〟になるためのものだった」

そう言うウラギールの脳裏に、これまで過ごしてきた日々の記憶がよみがえってくる。

幼い頃から、高い塀で囲われた家の中で、見張られながら生きてきた。

わがままを言えば殴られて、楽しかった記憶なんてほとんどなかった。

全てはフリーンの計画のため。

それだけが、ウラギールが生かされている理由だった。

「でもね、ケンジャノッチ、私があなたを大切に思ってきた気持ちに嘘はなかった」

塀の中で過ごした灰色の日々。それは計画が始まったあとも続くと思っていた。

あの日、謁見の間で出会った勇者はなんだか頼りなくて、ヘタレで、すぐに落ち込んでしまうような男だった。

でも、いざというとき、いつも彼に助けてもらっていた。

普段は情けないくせに、ピンチになると誰よりも頑張って、体を張って仲間を守ろうとしてくれた。

最初は計画のためだった。でも、今は違う。

「ケンジャノッチ、フリーンのもとになんか行く必要ない」

「何を考えているの？　ウラギール」

自分とケンジャノッチの間に立つウラギールに対して、フリーンは戸惑いを見せた。

「ごめんなさいフリーン様。私は、愛を知ってしまったんです」

「何をしているのかわかっているの？　ウラギール」

フリーンはウラギールへ同じような問いかけをする。

だが、一度めとは意味合いが違うのは、険しさに歪んだフリーンの顔を見ればすぐにわかるだろう。

「わかってます。この魔道士ウラギールは……」

ウラギールは殺気立つフリーンを前に、一歩も引くことなく目をそらさずに言った。

「あなたを裏切ります」

正面から告げられたウラギールの決意に、フリーンは気圧されて、一歩あとずさる。

しかし、彼女はすぐにその口元に呆れ笑いを浮かべて、二歩前に出た。

「愚かね。ウラギールが私を裏切る？　捨て子だったあなたを密かに育てたこの私を？」

「あなたは本当の愛情を教えてくれなかった。私に本当の愛情を与えてくれなかった。でもこの旅で私は本当の愛情を知った」

王妃フリーンは堪えきれないといった様子で笑った。

「ク、フフフッ、本当の愛情？　あなたはいったい何を知った気になってるの？　ものを知らないのねあなたは」

手駒として育ててきたはずのウラギールの裏切りに一度は狼狽《ろうばい》の色を見せたフリーンだったが、すでに元の余裕を取り戻していた。

やはり、取るに足らない。この小娘は、愛のなんたるかを勘違いしている。

「いいわ。本当の愛情がなんなのか見せてあげる」

フリーンの身から、一瞬だけ虹色に見える輝きがほとばしる。

「さあケンジャノッチ。こっちにいらっしゃい」

「……はい」

ケンジャノッチはまるで導かれるようにしてウラギールの横を通り過ぎ、フリーンの方へと歩いていく。

「ケンジャノッチ……？」

通り過ぎるとき、自分を見ようともしなかった彼に、ウラギールはショックを受けた。

何かに気づいたマトハズレイが、驚きから大声を出した。

「ウラギール、ケンジャノッチの首の裏を見ろ！」

「え……？」

ウラギールが見ると、ケンジャノッチの首の後ろに黒いマークがあった。

「よくごらんなさい。これが本当の愛よ」

フリーンが、勝ち誇る。

彼女は、最初からこうなることを知っていた。

「いつの間に……？」

「〝愛の刻印〟は口づけをした相手に与えることができるの」

言われて、ウラギールは思い出した。

旅に出るとき、フリーンがケンジャノッチに口づけをしていたことを。

「ケンジャノッチ！」

ウラギールはケンジャノッチに呼びかけた。ケンジャノッチは不思議そうな顔でウラギールを見つめた。

「どうしたんだウラギール？　そんなに大声を出して……」

ケンジャノッチが見せる反応は、普段と何も変わらないものだった。

だからこそ、逆に操られていることがはっきりとわかって、ウラギールは辛さに身を切り裂かれた。

「ケンジャノッチ……行かないで……」

「どうして？」

問い返して首をかしげるケンジャノッチの瞳に、目の前のウラギールは映っていない。

「ウラギールも来るんだ。フリーン様と一緒に新しい世界秩序を切りひらいていこう」

ケンジャノッチはそう言って、何も映さない瞳のまま屈託のない笑顔を見せて、ウラギールに手を差し出した。


勇者ケンジャノッチは王妃フリーンの駒となった。

今の彼はフリーンのためならば自ら死を選んでしまう。まさに言いなりの人形と化してしまったのだ。その事実に心を抉られ、ウラギールは涙を浮かべた。

「ケンジャノッチ……目を覚ましてよ……」

ケンジャノッチは困り果てた顔をしてウラギールを見下ろした。

「ごめんウラギール……ウラギールがいったい何を必死になっているのかわからないよ……」

本当に、ケンジャノッチは何もわかっていないようだった。

ただただ不思議そうにこちらを見るだけの今の彼に、ウラギールは胸を激しく締め付けられた。

底なしの悲しみに襲われた彼女は、ケンジャノッチの胸に頭を預けて涙を溢れさせた。

「ねぇ……目を覚ましてよケンジャノッチ……」

自分の胸ですすり泣くウラギールを見て、ケンジャノッチは不思議な感覚に襲われた。

「ウラギール、どうして泣いてるの……?」

フリーンと共に新しい世界秩序を築くことはとても素晴らしいことのはずなのに、何がそんなにイヤなのだろうか。

そう思うケンジャノッチだったが、不意に自分の頬を伝う妙に熱いものに気づいた。

彼は、わけもわからず涙をこぼしていた。

「どうして僕まで涙がこぼれてくるんだろう……」

ケンジャノッチは、自分の中で思い出せない何かが強く脈動するのを感じた。

「何が悲しいんだろう……何が懐かしいんだろう……この感覚は……?」

「ケンジャノッチ……」

こちらを見上げるウラギールと目が合ったそのとき、ケンジャノッチは自分に起きていたことをやっと自覚した。

「僕は今、ウラギールを裏切ろうとしていた……?」

ケンジャノッチは全てを察し、目つきを鋭くしてフリーンの方を振り向いた。

マトハズレイが大声を上げる。

「見ろウラギール、ケンジャノッチの首の裏」

ウラギールが見ると、ケンジャノッチの首の裏の刻印が光り出し、そのまま彼から浮かび上がってスゥと消えていった。

「バカな、魔力で増幅した私の愛を超えるものなど存在しないはず……」

眼前で起きた、ありえてはならない事態に、フリーンは完全に色を失っていた。

ケンジャノッチは腰の剣に手をかけて、フリーンを見据える。

「フリーン、お前が言う愛はただ人を操るための道具にすぎない。そんなのは愛なんかじゃない」

自分を全否定されたフリーンは、煮えたぎる怒りのままに美しい顔を醜く歪ませた。

まったく、駒の分際で生意気な……！

フリーンはひそかに右手に握っていた魔石に意識を及ばせた。

私の愛を受け入れられないなら用はない……。

この誘爆魔石に魔力を送れば、爆発魔石を仕込んだケンジャノッチのブレスレットが爆発する。

魔王ユウ・シャノチーチに渡したものは偽物だけどこれは本物。

フリーンはにやりとほくそ笑んだ。最後に笑うのは、やはり自分なのだ。

「さよなら、ケンジャノッチ！」

フリーンは隠し持っていた魔石に魔力を送り込んだ。

しかし、二秒経っても、五秒待っても、ただ静寂があるだけだった。

「……なぜ？」

不思議がるフリーンに、ウラギールが誇らしげに明かす。

「残念だったねフリーン。ケンジャノッチのブレスレットは私が外しておいた」

「こざかしい……」

フリーンは誘爆魔石を床に叩きつけ、ウラギールを憎々しげににらんだ。直後、彼女を囲んでいた柱が白く光り始め、地面から白いオーラが浮かび始めてきた。

「私に逆らったことを後悔するがいいわ」

全ての柱から放たれる白光がフリーンへと注がれて、彼女を中心としてまるで白い花のようにも見える。

この国の象徴でもある、フランネルフラワーのように。

「新しい世界秩序の頂点となる私の意志におとなしく従っておけばよかったものを！」

フリーンの怒りの声と共に、白光が激しさを増し、地面がすさまじい勢いで草花に覆われていく。床一面に赤、青、黄色の三色の花が咲き乱れ、その場は見るも鮮やかな花畑となっていった。

そして花畑の中央に立つフリーンの足元が急に盛り上がり、床を突き破って巨大なフランネルフラワーが姿を現した。

フランネルフラワーの白い花弁は呑み込むようにしてフリーンを包み隠して、常人の数倍はあろうかという大きさのつぼみへと変わる。

さらに周囲には大小様々な花が咲き、葉やツルなどが生い茂った。フリーンのつぼみは百花繚乱《りょうらん》の美しき要塞の頂点にいた。

そそり立つ花の要塞を前に、マトハズレイは圧倒されてしまう。

「これが、王妃フリーンの魔力……」

「お前たちには永遠の孤独と絶望を与えよう……」

巨大フランネルフラワーのつぼみが開いて、フリーンが姿を現す。そして周りに咲いている色とりどりの花が、彼女を守るようにして蠢《うごめ》き始める。

巨大フランネルフラワーは白の光をまとうと、再び閉じてつぼみとなり、周りの花々は赤、青、黄と様々な色の魔力を帯びる。

「圧倒的な魔力を感じる……」

つぶやくウラギールが見ている前で、フリーンの魔力が広大な儀式の間を覆い尽くす。

その規模は間違いなく、国王クロマークを超えていた。

「ケンジャノッチ！」

杖を構えたウラギールの瞳に青い輝きが宿り、その身も同色のオーラで包まれる。

「大丈夫。僕たちならやれる」

鞘から剣を抜き放つケンジャノッチの全身が、白いオーラに覆われる。

「今までだってわずかな可能性を信じてきたんだから！」

ケンジャノッチの声に、マトハズレイが勇ましく剣を構え声を張り上げる。

「確かにその通りだ！」

マトハズレイの瞳に雷光が宿り、黄色い閃光《せんこう》が全身よりほとばしる。

「愛に飢えながら消えていくがいい」

花の要塞から放たれる極彩色のオーラは物理的な力をも発生させ、それは嵐のように激しく吹き荒れた。

「これが最後の戦いだ、行くぞ！」

勇者が叫んだ直後、何輪もの真っ赤な花が超高熱の火球を連射した。

三人は散り散りになって火球の雨を回避し、ケンジャノッチは赤い花を切り散らすために突撃しようとする。

だが、電撃をまとった黄色い花がケンジャノッチの前方に出現し、バチバチと音を立てて放電するツルを伸ばしてくる。

「遅い、遅いぞ！　この大天才マトハズレイの計算の方が、こんなツルよりはるかに速い！」

その声と共に横合いから駆け込んできたマトハズレイが、目にもとまらぬ速さでツルを切り刻んでいった。

「ありがとう、マトハズレイ！」

ケンジャノッチはフォローに入ってくれたマトハズレイに礼を言って、全ての赤い花を一撃で切り飛ばした。

宙に舞った赤い花は一瞬で燃え上がり、地面に落ちる前に灰になった。

ツルをなくした黄色い花を、マトハズレイが斬り飛ばそうとする。

しかし、青い花がウゾウゾとマトハズレイの前に移動して、分厚い氷の壁を形成する。

「どいて、マトハズレイ！」

響く、ウラギールの声。氷の壁に向かって、彼女は杖をかざそうとする。

「いいぞ、やれ。ウラギール！」

そう言うと同時にマトハズレイが横に飛びのいた。

ウラギールはすでに魔力を溜め終えている。

「氷魔法奥義ダンガンミ・タイナコーリ！」

撃ち出された無数の氷の弾丸が、氷の壁を貫き、砕き、壊し尽くす。

「計算完了！　この位置から、この角度だ！」

壁が壊れたのち、マトハズレイがまっすぐ突っ走り、黄色い花を全て叩き切った。花は放電して爆発。そのまま灰となる。

残された青い花々が、一斉にウラギールの方を向いて青いオーラを放ち始める。

「ウラギールは、僕が守る！」

勇ましく宣言したケンジャノッチが青い花の首を次々に落としていく。花は一瞬で凍りついて、砕け散って消え去った。

自らを守る花々が全て散らされると、巨大フランネルフラワーのつぼみが小さく振動し、フリーンの声が響いてきた。

「いいわ。お前らには超魔道シノコクインをおみまいしてやろう」

巨大フランネルフラワーのつぼみが開きフリーンが姿を現す。

フリーンが天に手を掲げると、儀式の間の壁を埋め尽くす無数の結晶体が一斉に光を放ち、彼女の頭上に集まってとてつもない大きさの純白の光球を形成した。

その巨大な光球が三人のもとに落下し始める。

「超魔道ウチヤブル！」

ケンジャノッチのオーラは白い天使となり、巨大光球を押さえ始める。

しかし、しばらくせめぎ合いはしたものの、白い天使は少しずつ圧されていき、巨大光球はケンジャノッチたちに徐々に迫り始めた。

「ぐ、ぐぐ、うぐぐぐ……！」

ケンジャノッチは必死に魔力を送り続けて踏ん張ろうとするが、このままではいつまでもつかわからない。

「ケンジャノッチ、もう少しだけ頑張って！」

魔道士ウラギールが、国王クロマークから奪ったペンダントを握る。するとペンダントが紫の光を放ち、彼女の周りにオーラとなって展開される。

「これなら、いける。ケンジャノッチを手伝える！」

ウラギールがペンダントを掲げると、紫のオーラが悪魔となって天使の隣へ飛翔する。

巨大光球は天使と悪魔とぶつかって、爆音を轟かせて相殺し合い消えていった。

「チッ……！」

フリーンは忌々しそうに舌打ちをしてから、再び巨大フランネルフラワーの花弁に包まれ、白いつぼみの中に隠れようとする。

「王妃フリーン、覚悟！」

今が好機と見たマトハズレイが、黄色いオーラを身にまとい超高速で花の要塞を駆け上がっていく。だが、足元から伸びる多数のツルが彼女の体に絡みついて邪魔してきた。

ゆく手を阻もうとするツルを切り裂きながら、マトハズレイは前へ前へ進んでいった。

しかし、今度は先ほど全て切り落としたはずの赤、青、黄の花々がまた生えてきて、火球と氷の壁、電撃のツルで一斉攻撃を仕掛けてくる。

マトハズレイは花の攻撃をよけながら要塞を上がり、フリーンのもとへたどり着く。

「予想通りのタイムだ！」

マトハズレイはそこから全力で跳躍して白いつぼみの上空へと躍り出る。

彼女は自身のスピードに加えて、落下の勢いを利用し、王妃フリーンに剣を振り下ろそうとした。だが、一瞬早く巨大フランネルフラワーの花弁は完全に閉じてしまう。

直後にマトハズレイの剣が白い花弁を斬りつけるも、ガキンッ、というにぶい音がして剣は半ばからへし折れてしまった。

フリーンを仕留められなかったマトハズレイは、折れた剣を持ったまま着地を決める。

しかし、着地地点に赤い花が待ち構えており、火球を放ってきた。

「う、ぐあぁっ！」

間近から火球の直撃を受けて、マトハズレイは花の要塞を落下していった。

「マトハズレイ！」

ケンジャノッチとウラギールが、床に墜落したマトハズレイへと駆け寄っていく。

「フフフフ、愚かな女ね」

花弁を開き、姿を現したフリーンがマトハズレイをあざ笑う。

右手を高く掲げた彼女の頭上には、先ほどと同じ規模の巨大光球が完成していた。

「嘘だ……もう……？」

ケンジャノッチは受け入れがたいその光景に目を見開いた。

自分もウラギールもさっきの巨大光球に対抗するために魔力を大きく消耗していた。

次の一撃をどうにかできるだけの余力は残っていない。

「新しい世界秩序の名のもとに、ひざまずくがいい！」

フリーンが二度目の超魔法シノコクインを解き放ち、巨大光球が落下を始める。

「ウラギール、やれるか！」

「やるしかないでしょ、こんなの！」

ケンジャノッチとウラギールは魔力を振り絞り、白の天使と紫の悪魔を形成する。

だが、今度の天使と悪魔は先ほどより明らかにまとう光が弱く、二人がいくら魔力を注いでも巨大光球は止められそうになかった。

「二人とも、下がれ」

マトハズレイが全力で抗い続けている二人に呼びかけた。

「マトハズレイ？」

ケンジャノッチが振り返ると、彼女は両手を広げて光球を迎え入れるポーズをした。

「私がここであの玉を受け止める」

マトハズレイの言葉を聞いて、ケンジャノッチとウラギールは心の底から驚愕する。

「そんなことできるはず……ぐっ！」

止めようとするウラギールだが、光球の圧力のせいで最後まで言いきれなかった。

「計算の結果、この方法であれば七〇パーセントの確率でお前たちは助かり、一パーセントの確率で私も助かるという答えが出た。これが、最も助かる確率の高い方法だ」

「ダメだ、マトハズレイ！」

「見くびるな。私を誰だと思っている？　圧倒的頭脳を誇る天才剣士マトハズレイだぞ」

「でも……ッ、ぐ、しまった、魔力が！」

二人の魔力は同時に尽き果て、天使と悪魔は消失した。

抗うものが消えたことで、巨大光球の落下速度が一気に増し、三人に迫ってくる。

「さぁ、二人とも下がって伏せろ！」

マトハズレイは両手を広げたまま威勢よく叫んだ。

「ケンジャノッチ、マトハズレイを信じよう……！」

ウラギールがケンジャノッチの腕をつかみ、強引に後ろに下がらせ、一緒に頭を伏せた。

マトハズレイの周囲に黄色いオーラが吹き荒れる。

落ちてきた光球が彼女と接触した。

「うおおおおおお！」

マトハズレイは声を上げながら、巨大光球を抑え込もうとする。

「マトハズレイィィィィ！」

光球が炸裂し、叫ぶことしかできないケンジャノッチの視界が真っ白に染まる。

強大極まる破壊力によって花は吹き散らされ、葉やツルも焼き切られて、巻き起こった爆風の中に呑まれて、消し飛んでいった。

しばらくの間、風が吹き荒れ続け、ケンジャノッチはウラギールを抱きかかえて飛ばされないよう耐え続けた。

やっと風が収まったのち、頭を上げたケンジャノッチが周りを見ると、そこには巨大フランネルフラワーの白いつぼみと、鎧を破壊され倒れ伏すマトハズレイの姿があった。

「マトハズレイ……」

ケンジャノッチは彼女の名前を呼んで、呆然と立ち尽くし、何度もかぶりを振った。

「マトハズレイ……マトハズレイ……」

ケンジャノッチは涙を流しながらよろよろと歩いていく。

すると、マトハズレイは、不屈の魂燃ゆる格闘家のごとく、元気よく立ち上がった。

「マトハズレイ……！」

立ったマトハズレイを見て、ケンジャノッチが嬉しさから声を弾ませた。

「見たか、ケンジャノッチ。これが一パーセントの正解を引き寄せる天才剣士マトハズレイだ！」

マトハズレイは大きな背中を向けて語った。

しかし、ケンジャノッチはそこで彼女の首の裏に何か赤いマークのようなものが刻まれているのを見つけた。フリーンの声が響いてくる。

「それは死の刻印。その刻印はお前の体を蝕み、やがて死に至らしめる。果たしてどのくらい耐えられるかしら？　一〇分？　五分か？」

「くっ……」

死の刻印に生命力を奪われ、マトハズレイは膝を屈しそうになる。

それでもなんとかギリギリのところで持ちこたえるが、彼女の眼前にはすでに再生した鮮やかに輝く花の要塞が立ちはだかっていた。

マトハズレイはフリーンを指さして力強く笑ってみせた。

「お前ごとき、三分もあれば十分だ」


状況は極まっていた。

ケンジャノッチのすぐ目の前にはフリーンが築いた花の要塞が立ちふさがり、自分とウラギールは魔力が底を尽き、マトハズレイの首には死の刻印が刻まれた。

ここまで、魔王を倒し、国王を倒し、愛の刻印も打ち破り、多くの窮地を超えてきた。

だが、今度ばかりはどうしようもないのかもしれない。

ここで僕たちの物語は終わる。そういう運命なのかもしれない……。

ケンジャノッチの中に、これまでとは質の違う、本物の諦めの感情が湧きかけていた。

「何者にも愛されないまま、散るがいいわ！」

フリーンの周囲に無数の光弾が出現する。

彼女が指さすと、全ての光弾が発射された。狙いは、ウラギールだ。

地面の花を巻き上げながら襲ってきた何発もの光弾が、疲れで動きをにぶらせていたウラギールを直撃した。

「う、あぁぁ！」

光弾の爆発により、無数の白い花弁と共にウラギールの体が宙に舞い上がる。

「ウラギール！」

彼女の方を振り向き叫んだケンジャノッチは、そこで気づいた。

舞い散る白い花弁は、フランネルフラワーだった。

ケンジャノッチの脳裏に、一瞬だけ夕焼けの庭が浮かび上がった。

そこで出会った誰か。白い花かんむり。花の指輪。僕は、あの子と約束をした。

次々に浮かぶ、ずっと忘れていた数々の記憶。

たった一度だけだったけれど、それは彼にとって確かに初恋だった。

たった一度しか会えなかったからこそ、また会いたいと思っても叶《かな》わなかったことが、すごく辛かったし、耐えきれないほどに悲しかった。

だから忘れようとして、忘れた。

そして今、ケンジャノッチははっきりと思い出した。

フランネルフラワーの花吹雪が舞う中、フリーンがウラギールにトドメを刺すべく追撃の光弾を三発放つ。

「こんなもの！」

ケンジャノッチがウラギールの前に立ち、自らの体をはって壁となることで全ての光弾を受け止め、弾き返した。

鋭い痛みが走る中で、ケンジャノッチは考える。

自分とあの子が二度と会えなかったことは、そういう運命だったからなのだろうか。

そういう運命だったから、そういう物語だったたから、自分とあの子は二度と会うことができなかったのだろうか。

いいや、それは違う。

なぜなら、ずっと忘れていたあの子は、今、自分の後ろにいるのだから。

——私に、指輪を作ってくれた人。あとは、覚えてないかな。

ジンロー村で花かんむりを作っていた彼女が教えてくれた、好きだった人の話。

僕は、その人物が誰かを知っていた。それを今、思い出した。

ここに全ては繋がった。

僕はとっくに、出会えていたんだ。

運命とか、物語とか、そんな大きなものが実在するかはわからない。

ただ、ようやく出会えたウラギールとまた会えなくなるのだけは、イヤだと思った。

ケンジャノッチは剣を構え直した。

「ウラギールはそこで魔力の回復につとめてくれ」

「ケンジャノッチ……」

「いくぞ、マトハズレイ」

「ああ」

ケンジャノッチとマトハズレイは二人並んで威風堂々と花の要塞へと歩き出した。

「ふん、魔力も枯渇し体もボロボロのお前たちに何ができる」

フリーンがそうあざけると、花の要塞全体が白い光に包まれ、周りを覆う三色の花もそれぞれの色のオーラをまとう。

「マトハズレイ、次の超魔道シノコクインが来たら僕たちは終わりだ」

「なら、その前にケリをつけるまでだな」

ケンジャノッチとマトハズレイは駆け出した。

無数のツルが二人を襲う。

マトハズレイはかわしながら進み、ケンジャノッチは斬りながら進んでいく。

伸びてきたツルがマトハズレイの腕に巻きつき締め上げようとするが、ケンジャノッチがそれを剣で断ち切った。

三色の花が次々に魔法を放ってくるが、二人はそれを難なくかわしていく。

「はぁぁぁ！」

気合の声と共に、ケンジャノッチが青い花を斬り飛ばしていく。

「頭脳明晰な一撃をくらえ！」

マトハズレイが伸びてくるツルをつかみ、黄色の花をへし折っていく。

そして二人で赤い花を蹴散らして、フリーンへと迫っていった。

「どこまでも生意気な連中め！」

花が開き、フリーンが高く手をかざす。

周りの結晶体が輝き始め、彼女の頭上に光が集まり始めた。

ケンジャノッチとマトハズレイは、足元に蠢く花を踏んづけ、要塞を駆け上がった。

「今ならいける！」

ケンジャノッチは飛び上がり、フリーンに剣を振り下ろそうとした。

しかし、刃が届く寸前に光球は消失、花弁が閉じてフリーンを守った。

ケンジャノッチは花びらを剣で斬りつけたが、強固な花びらを斬ることはできず、マトハズレイのときと同じく剣はへし折れてしまった。

「それがお前たちの最後のあがき？　残念だったわね」

「まだだ！」

「ああ、まだまだこれからだ！」

ケンジャノッチとマトハズレイは花びらに手をかけ、無理やりこじ開けようとした。

「無駄なことを……！」

復活した多数の青い花が二人の方を向いて、氷の弾丸を同時に撃ち放った。

「ケンジャノッチ！　マトハズレイ！」

二人の身を案じ、ウラギールが叫んだ。

しかし二人は攻撃を浴びても花びらから手を放さなかった。

さらに赤と黄色の花も次々に復活し、火球と電撃のツルで二人を攻め立てた。

「うおおおぉぉぉぉぉ！」

「どうしたケンジャノッチ！　私の計算によれば、お前はもっと頑張れるはずだぞ！」

全身にどれだけ攻撃を受けようと、二人は花びらに加える力を緩めなかった。そして、ゆっくりと花びらが開き始めていった。

こじ開けられた花びらの中から、顔色を青くしているフリーンの姿が覗いた。

「まさか……！」

人一人が通れる隙間ができた瞬間、マトハズレイが中に入りフリーンに殴りかかった。

フリーンはとっさに魔力の壁を張ることで攻撃を防ごうとした。

「こんな壁で私の理知的な一撃を防げると思うな！」

マトハズレイの拳がうなりを上げて魔力の壁を打ち砕き、フリーンはまだ開いていない後方の花びらに激突した。

そこに、マトハズレイの次に入ってきたケンジャノッチが追撃を仕掛けようとする。

「フリーン、ここまでだ！」

「お前たちごときが、この私の聖域に土足で踏み入るなんて！」

フリーンはケンジャノッチの攻撃をすんでのところで避けるも、またしても別の花びらにぶつかってしまう。花の中は三、四人が入れる程度の広さしかなく、逃げ場がないためフリーンは苦手な接近戦を余儀なくされてしまう。

しかも、この距離で強力な魔法を使おうものなら、確実に自分も巻き込まれてしまう。

「おのれ、おのれ……！」

怨嗟の声を響かせ、フリーンは断腸の思いで花びらを開き、外に逃げようとする。

当然、ケンジャノッチとマトハズレイは、それを追いかけようとするが、彼女は次々に魔法を放つことで、二人との距離をあけようとした。

フリーンが放った火球がマトハズレイに命中し、要塞の端の方へと飛ばされてしまう。

「く、しまった……！」

「マトハズレイ！」

「私のことはいいから、フリーンを捕まえるんだ！」

マトハズレイはそう言い残し、要塞の下に墜落していった。

それを見て、フリーンは勝ち誇るように笑った。

「この私に逆らった罰ね！」

「まだ僕がいるぞ、フリーン！」

魔法の雨を全力で駆け抜けたケンジャノッチが、フリーンに追いつき、飛びついた。

「く、生意気な……！」

フリーンは激しくもがいて逃げようとするが、そこで足を滑らせて、ケンジャノッチもろとも花の要塞の上から転がり落ちていった。

一緒に落ちる最中、ケンジャノッチの手がフリーンから離れてしまった。これ幸いと、フリーンは着地してすぐに立ち上がり、逃げようとする。

しかし、その足をマトハズレイがつかんだ。

ケンジャノッチも後ろから腕を回してフリーンを捕まえた。

「放せ！　放せ！」

フリーンがどれだけ抵抗しても、二人は絶対に放そうとしなかった。

「ウラギール、今だ！」

休んで魔力を回復させていたウラギールからは青いオーラが溢れ出ていた。

「これで終わりだよ、フリーン」

「ふざけるな、この私が、私の新しい世界秩序が、こんなところで終わるはずが……！」

フリーンは激しく取り乱しながら、ウラギールに憎悪のまなざしを向ける。

「ウラギール、お前よ。お前が悪いのよ！　お前さえいなければ！」

「だとしたら、この計画は最初から成功するはずがなかったってことだよ、フリーン」

ウラギールが、フリーンへ杖をかざした。

「全てを貫け。氷魔法奥義ダンガンミ・タイナコーリ！」

吹き荒れた氷の嵐がフリーンを直撃し、要塞を形作っていた全ての花を散らした。

天井近くまで舞い上がった花びらたちが、ゆっくりと雨のように降り注いでくる。

物語の終わりを飾るにふさわしい美しい光景の中で、氷の弾丸に引き裂かれた傷だらけのフリーンだけは本来の美貌を失い、血まみれの醜い姿で立っていた。

「新しい世界秩序……」

フリーンの周りに弱々しく白いオーラが漂う。

マトハズレイがフリーンを殴り飛ばすと、白いオーラは消えた。

「あたら……ちつじょ……」

仰向けに倒れたフリーンを、折れた剣を持ったケンジャノッチが見下ろしていた。

「終わりだ、フリーン」

ケンジャノッチはフリーンの心臓に剣を突き立てた。

フリーンは大量の血を吐きながら、弱々しく天に向かって手を伸ばした。

一枚の白い花びらが、彼女の伸ばした手の近くに舞い落ちてくる。

「もっと……あいを……」

フリーンはそうつぶやいてそれをつかもうとするが、白い花びらは彼女の手をスイと避けて地面に落ちていった。

そして、フリーンの手もまた、力を失って地面に落ちた。

マトハズレイの首の裏の刻印が消えた。


壁を覆っていた結晶が泣き声を上げた。結晶は崩れ始め、泉の水かさが増していった。

「みんな、早くここから出て！」

ウラギールに促されて二人が走り出そうとするが、マトハズレイが片膝を突いた。

「死の刻印に命を吸われすぎたようだな……。二人は先に行ってくれ」

「何を言ってるんだマトハズレイ？」

「私はもう歩けそうにない。二人だけでも助かってくれ」

「僕が肩を貸す！」

自分も傷だらけなのにもかかわらず、ケンジャノッチがマトハズレイを支えようとする。

だが、彼女は首を横に振った。

「そんなことしたらお前も逃げ遅れる。私を助けようとした場合、お前たちが生き残る可能性は一パーセントだ。私を置いていけば助かる確率は八〇パーセントまで上がる。……二人との旅は楽しかった」

マトハズレイが悔いなしとばかりに目を閉じて笑おうとする。

ケンジャノッチはマトハズレイに駆け寄った。

「やめておけと言ってるんだ」

マトハズレイはつぶやいた。

ケンジャノッチはマトハズレイを倒し、ひざ裏と背中に手を通し抱え上げた。

「一パーセントもあれば十分だ！　行くぞ、マトハズレイ！」

「は？」

「僕たちはこれまでずっと一パーセントを引き続けてきただろ！」

マトハズレイを抱えたケンジャノッチとウラギールは急いで部屋を出た。

資料が散乱している部屋を通過し、スパイデスの横を通り過ぎた。

「お嬢様？」

「お兄さんも早く逃げて！」

「え、逃げて？」

彼がそう繰り返すと、後ろから轟音が盛大に響き渡った。

スパイデスが後ろを振り向くと、水の壁が資料や薬を薙ぎ倒しながら迫ってくるのが見えた。

「うわああああああああああああ⁉」

スパイデスは叫びながら逃げ出し、マトハズレイを抱えたケンジャノッチやウラギールと共に階段を駆け上がった。

「はぁ、はぁ……、あっ！」

必死に走るケンジャノッチだったが、階段の段差につまずいてしまい、マトハズレイを前方に投げ出してしまった。

「すまないマトハズレイ！」

ケンジャノッチはすぐにマトハズレイを抱え起こそうとする。

だが彼自身もすでに体力は限界で、どうしてもマトハズレイを抱えることができない。

「ケンジャノッチ、もう十分だ、ありがとう。二人は行ってくれ」

「できるかよ……そんなこと……」

ケンジャノッチは必死になってマトハズレイを抱えようとする。ここで諦めるなんて、絶対にできるものか。

次の瞬間、マトハズレイがふわっと浮かんだ。スパイデスが彼女を抱え上げていた。

「お嬢様、お任せください！」

「お兄さん……」

「みんな、急ごう！　脱出するぞ！」

ケンジャノッチは声を上げた。

ケンジャノッチ、ウラギール、そしてマトハズレイを抱えたスパイデスは走った。

倒れている国王の横を素通りし、四人は城の出口を目指す。だが、すぐ背後から押し寄せてきた水が一同を呑み込み、城門を打ち破った。

城の外に吐き出されたケンジャノッチたちは、四人とも無事だった。

日は暮れており、水たまりが夕日を反射していた。

「みんな、生きてるか……？」

ケンジャノッチが尋ねると、他の三人がおのおの声を上げて無事をアピールした。

四人は水浸しになりながら空を眺めていた。

そこには嵐が過ぎ去ったあとのような、清々しい静けさが広がっていた。

▼ネタバレが激しすぎるエピローグ

数日後、街の人々は城の前に集まっていた。

ケンジャノッチたちは聴衆の前に立ち、不安を煽らないよう話を脚色した上で、事の経緯を説明した。

国民の失踪とスライムの増加についてはみんなが知っていたので、スライム化の呪いについては説明するしかなかった。

呪いをかけたのは魔王ユウ・シャノチーチを裏で操っていた黒幕ということにされた。

国家転覆を企んでいたその黒幕は、国王と王妃と戦い、相討ちになった。

国王と王妃は、国と国民のために犠牲になったのだ――そう伝えられた。

ケンジャノッチはみんなに「絶望しないでほしい」と伝えた。

人は孤独になることだって絶望することだってある。

それでもみんなひとりひとりに生きる価値がある。

「だからみんなも、僕と一緒に生きていきましょう」

もちろん納得のいかない者もいたが、暴動などは起こらなかった。

国民の失踪とスライムの増加がピタリと止まり、ケンジャノッチの言葉が本当であると証明されたからだ。

その後、みんなで話し合った結果、迷いに迷ったものの、スライムは全て倒し、みんなで次に進もうという結論に至った。

「こいつが最後の一匹か」

街の近くの森の中で、ぽつんと一匹、こちらを見つめているスライムがいた。

「ぉえ、ぅ……」

「ごめんな」

ケンジャノッチは剣を抜き、スライムをあっさりと真っ二つに斬った。

「ぉう、ぅ、あ……」

スライムは一声残して崩れ去り、土の上に青い水たまりができた。

「これで全ての敵を倒し終わったな。この物語もこれで終わりだ。今までありがとう、ウラギール。マトハズレイ。これでみんなもようやく新しい一歩が踏み出せる」

ケンジャノッチはなんともしんみりした顔をしていた。

「なに、そんな顔して、どうかしたの？」

ウラギールがきいた。

「え、やることは全部終わったし、もう二人とは会えなくなるのかなって……」

ケンジャノッチの返答にウラギールは意外そうな顔をした。

「なんでそうなんの。別に私たちの関係まで終わらせる必要はないでしょ？　ね、マトハズレイ」

マトハズレイは笑った。

「これだから凡人は困るな！」

ウラギールも笑った。

「またみんなで新しい物語を始めればいいの。さ、行こ！」

ウラギールはそう言うと歩いていってしまう。ケンジャノッチは慌てて彼女についていった。マトハズレイは青い水たまりを見つめ、そこから何かを拾い上げた。


時は経ち、街は何ごともなかったように賑《にぎ》わっていた。

ケンジャノッチはパン屋の前に立ち止まる。

「あ、ケンジャノッチさん！」

パン屋の女が声をかけてきた。

「あれ、デバンコ・レダケさんは？」

「お父さんは腰やっちゃって。私、デバンコ・コシカナイが代わりに店番してるの」

ケンジャノッチがパンを選んでいると、シッテールが立ち寄った。

「あ、ケンジャノッチくん」

シッテールは気まずそうな顔を浮かべ、ケンジャノッチはそれに気づいた。

「シッテールさん、何か僕に隠していませんか？　本当は僕の父さんのことを知ってるんじゃないですか？」

シッテールはついに観念した。

「ああ、わかった、言うよ。実は、キミのお父さんとは手紙のやりとりをしていたんだ」

ケンジャノッチは驚いた。

「キミのお母さんが病死したから、戻ってこないかって手紙を送ったんだ。そしたらそれっきり手紙が返ってこなくなってね。今は本当にどこにいるのか知らないんだ……」

ケンジャノッチは考え込むように黙ってしまった。シッテールは謝って去っていった。

さらにそこから時が過ぎた、ある日。

ケンジャノッチとウラギールは、パンや果物が入っている袋を抱えて街を歩いている。

通りかかった先で見つけた絵の店が気になって、ケンジャノッチがそこで足を止めた。

「おや、いらっしゃい」

それに気づいた店主のエカーキが二人を出迎えた。

ケンジャノッチたちが店の中に入ると、エカーキが描いた絵がいくつも飾ってあった。

ケンジャノッチはその中に見覚えのある顔を見つけた。

落ち着いた雰囲気をした女性の絵だった。

「あの、エカーキさん、もしかしてこの絵のモデルって……」

エカーキは微笑んだ。

「これを描いたのはもうずいぶんと前になるかな。彼女の名前はモブージャ・ナクマーマ。

ケンジャノッチ君、キミのお母さんだよ」

「やっぱり、モブージャ母さんなんですね……」

ケンジャノッチはちょっとの間、懐かしそうにその絵を眺め続けた。

その後、ケンジャノッチは母の絵をエカーキから譲り受け、ウラギールと外に出た。

すると、母子と思われる男女が前を通り過ぎていった。

きっとモブージャが生きていれば、ちょうどあの親子の母と同じくらいの年齢だろう。

ケンジャノッチの前を通ったその親子は、「こんな風に二人で山菜を採りに行くなんて久しぶりだね」と仲睦まじそうに会話していた。ケンジャノッチは、あの弁当屋の親子は相変わらず仲が良さそうだな、とほっこりした。

ケンジャノッチとウラギールはそのまま最近買ったばかりの自宅に向かって歩いた。

ウラギールは自分のおなかをいとおしげにさすり、ケンジャノッチに話しかける。

「ねえ、この子の名前、ユーシャノシソンはどうかな？」

「ああ……僕はマドーシノムスコンがいいと思うな」

お互いに生まれてくる我が子の名前について話していると、急にケンジャノッチは何かに感じ入るような顔をして、立ち止まった。

「どうしたの？」

「いや……」

ケンジャノッチは首に下げていた青い石があしらわれたペンダントを手に取った。

「僕の父さんも、こんな風に悩みながら僕の名前を考えてくれたのかなって」

「きっとそうだよ」

ついさっき、偶然見かけたものの、ケンジャノッチとウラギールが二人だけの世界に入っていたため話しかけられずにいたマトハズレイは、ブツブツと独り言を言い始めた。

――まったく二人でイチャイチャして……。

――頭脳明晰な私ならもっといい名前を考えつくんだがな。

――それにしても……。

――最後のスライムが落としたアイテム、どこかで見覚えがあった気がするんだがな。

マトハズレイが手を開くと、そこには青い石がついているペンダントがあった。

今までの様々な場面を瞬時に思い出し、マトハズレイは結論を出した。

――たぶん私の気のせいだな！

城下町とノーキンタウンの間にある森の片隅。

青い水たまりのすぐ近くに、一枚の手紙が落ちていた。

『カマセーイヌ、モブージャさんが病気で亡くなった。そろそろ戻ってきてもいいんじゃないか』

そう書かれた手紙は、風で天高く舞い上がっていった。

ケンジャノッチは父の行方をまだ知らない——。


ネタバレが激しすぎるライトノベル—最後の敵の正体は勇者の父—

—完—

THE END

ネタバレが激しすぎるライトノベル
—最後の敵の正体は勇者の父—

▼あとがき

この小説のもとになった『ネタバレが激しすぎるＲＰＧ―最後の敵の正体は勇者の父―』というゲームをリリースしたのが二〇二三年の四月。そのときはまだこれだけ大きな反響を得られるとは思っておらず、よもや書籍版が本屋で販売されるなどとは夢にも思っておりませんでした。

この書籍のもととなった『ネタバレが激しすぎる勇者物語～最後の敵の正体は勇者の父～』を小説投稿サイトに投稿し始めたのは二〇二三年の一二月でした。兄に「小説書こうぜ！」と言われており、少し時間もできたのでこの時期に書き始めたのでした。ゲーム作品を小説形式にするにあたり、一番手がかかったのは戦闘シーンでした。会話のシーンはゲームのセリフをもとに書いていけばよかったのですが、戦闘シーンはそうはいきませんでした。「勇者の攻撃！　敵に五六のダメージ！」みたいな描写を小説で書くわけにもいかず、ひとりひとり敵の特性を考え、その弱点を見つけ突破していくという構成にしました。

せっかく小説にするのだからと、新しいエピソードも付け加えました。そして書籍化のご連絡をいただいたのは二〇二四年の三月。書籍化にあたり更に大きく加筆修正を行い、一年ほどかけて、満を持してあなたのお手元に書籍という形で届いたわけです。

初めて書籍化という体験をし、身をもって色々な作業や多くの方々が関わって書籍というものがつくられ販売されるのだなと実感しました。「俺の作品が書籍化されたのは俺の作品が素晴らしいからだ！　俺一人の努力の賜物なのだ！」などとはおごらずに、関わってくださったみなさまへの感謝を忘れないようにしていきたいと思います。特に、熱心に編集で関わってくださった編集担当の方には大きな感謝を送りたいと思います。そしてもちろん、書籍は出版されて終わりではなく、それを手に取り、こうして読んでくださっている読者、つまりあなたがいて初めて完成したと言えます。この本を手に取り、そして読んでいただき大変ありがとうございました。

さて、この作品のこれからについてですが、夢は大きく持っておくに越したことはないかと思いますので、ここに書くだけ書いておこうかと思います。この作品がノベライズされて、アニメ化もされて、コンビニなんかにグッズも並び、なんだかんだで一〇〇〇兆円ほど手にしたいと思っております。新作の『ネタバレが激しすぎるＲＰＧ２―親友の真の姿は大魔王―』というゲームもリリースしましたので、こちらもなんだかんだアニメ化されて各所にグッズなど並べてほしいと思います。私は本当に一〇〇〇兆円を手にすることができるのか、今後の展開にご期待ください。

改めまして、この本を手に取っていただき本当にありがとうございました！

みぬひのめ

ネタバレが激しすぎるキャラクター紹介

イラストレーターの夕子氏が描いたキャラクターデザインを一挙紹介！
本編には出てこない最後のネタバレをご堪能あれ！

魔道士ウラギール

年齢：15歳
身長：152cm　**体重：**40kg
得意なこと：魔法による戦闘、リーダーシップを発揮する
苦手なこと：近接戦闘
解説：ケンジャノッチの仲間の魔道士。
彼を絶対に裏切らないが、彼以外はちゃんと裏切る。
スリーサイズは74／57／76。

勇者ケンジャノッチ

年齢：18歳
身長：171cm　**体重：**59kg
得意なこと：メンタルが弱っていないときはそこそこ強い
苦手なこと：強そうな敵と戦うこと、自分から動くこと、立ち直ること
解説：主人公。精神的に弱い面が目立つが、旅の中で成長していく。
父は幼い頃に旅に出てしまい行方不明。

剣士マトハズレイ

年齢：22歳
身長：165cm　**体重：**56kg
得意なこと：近接戦、力勝負
苦手なこと：話をまとめること、機微を理解すること
解説：ケンジャノッチの仲間の剣士。
自称知性あふれる大天才。その実態は誰にでも言いくるめられる脳筋。
スリーサイズは84／64／88。

僧侶スグシヌヨン

年齢：20歳
身長：179cm　**体重：**59kg
得意なこと：根拠もなく自信を持つこと
苦手なこと：状況把握
解説：ケンジャノッチの仲間の僧侶。
本編18ページで脱落する。

魔王ユウ・シャノチーチ

年齢：47歳
身長：189cm　**体重**：90kg
解説：国王クロマークと対立する魔王。
王妃フリーンの不倫相手でありユ・ウジンナシの父親でもある。
フリーンの愛の刻印によって心を操られている。

謎の青年ユ・ウジンナシ

年齢：22歳
身長：168cm　**体重**：65kg
解説：本名ユ・ウシャ。ジンロー村の勇者をしていた。
父は魔王ユウ・シャノチーチ。
王妃フリーンの計画の影響によって家族を失った悲劇の青年。

国王クロマーク

年齢：50歳
身長：176cm　**体重**：78kg
解説：勇者ケンジャノッチに魔王討伐を命じた国王。
魔王ユウ・シャノチーチを敵視している。
フリーンの愛の刻印によって心を操られている。

王妃フリーン

年齢：42歳
身長：169cm　**体重：**49kg
解説：王妃であり、ウラギールの育ての親であり、全ての黒幕。
自分だけが愛される世界を作るために国王と魔王を裏で操った。
スリーサイズは89／62／89。

兵士スパイデス

年齢：32歳
身長：171cm　**体重：**60kg
解説：国王クロマークの城の兵士。
長い間ウラギールのことを世話してきた世話役でもある。

父カマセーイヌ

年齢：47歳
身長：186cm　**体重：**102kg
解説：最後の敵の正体。

MAG Garden NOVELS

ネタバレが激しすぎるライトノベル
―最後の敵の正体は勇者の父―

発行日　2025年4月25日 初版発行

著者　みぬひのめ　イラスト 夕子

発行人　保坂嘉弘
発行所　株式会社マッグガーデン
〒102-8019 東京都千代田区五番町6-2
ホーマットホライゾンビル5F
編集 TEL：03-3515-3872　FAX：03-3262-5557
営業 TEL：03-3515-3871　FAX：03-3262-3436
印刷所　株式会社広済堂ネクスト
編　集　シュガーフォックス
装　幀　鈴木佳成（合同会社ピッケル）

ISBN978-4-8000-1573-0 C0093　Printed in Japan

著者へのファンレター・感想等は〒102-8019 (株) マッグガーデン気付
「みぬひのめ先生」係、「夕子先生」係までお送りください。